剑桥的陌生人

刘禾 著

Copyright © 2023 by SDX Joint Publishing Company.
All Rights Reserved.
本作品版权由生活·读书·新知三联书店所有。
未经许可，不得翻印。

图书在版编目（CIP）数据

剑桥的陌生人／刘禾著. —北京：生活·读书·新知三联书店，2023.1
ISBN 978－7－108－07455－3

Ⅰ.①剑…　Ⅱ.①刘…　Ⅲ.①侦探小说－中国－当代
Ⅳ.① I247.5

中国版本图书馆 CIP 数据核字（2022）第 117106 号

责任编辑　冯金红　吴　莘
装帧设计　鲁明静
责任印制　张雅丽
出版发行　生活·讀書·新知 三联书店
　　　　　（北京市东城区美术馆东街22号 100010）
网　　址　www.sdxjpc.com
经　　销　新华书店
印　　刷　三河市天润建兴印务有限公司
版　　次　2023 年 1 月北京第 1 版
　　　　　2023 年 1 月北京第 1 次印刷
开　　本　880 毫米×1092 毫米　1/32　印张 8
字　　数　135 千字
印　　数　0,001－6,000 册
定　　价　59.00 元
（印装查询：01064002715；邮购查询：01084010542）

前　言

本书是十年前出版的一部人物故事的修订版。书名也做了更改，定名为《剑桥的陌生人》。

当年面世后，书的一些传奇性经历，是作者自己完全没有想到的。本意是讲述上个世纪知识界的一些"奇人异事"，有点现代版"世说新语"的意味，只不过，由于在叙事风格上想和俄国作家纳博科夫（一个贯穿整篇故事的人物）的小说有些勾连，同时也为了凸显故事里的人之奇、事之异，于是一时兴起，把书名定为《六个字母的解法》。没想到，我的随意竟误导了一批读者，也给一些书店带来了不小的麻烦，究竟如何归类这本书？有些书店干脆把它摆在外语教学的参考读物里，还有人以为是算命指南。听朋友说，去过不少书店，但找不到这本书。于是我也好奇起来，自己跑去找，结果来到一家书店，热心的店员把书找了出来，说她以为是一本数学教学的参考书，叫人哭笑不得。其实，当年还特意请韩少功先生为书写过一篇序，他特别提醒读者，此书的写作风格比较特殊，是"一种侦探小说的戏仿体"，可惜一直没有引起销售人员的注意。现在我把那篇序文作为附录，放在修订版的书后，一方面，是为了见证此书出版后的一些坎坷；另一方面，也是向读者郑重推荐这篇文章，因为书的主旨、风格、文体以及叙事上的用心之处，都在韩少功的序文里有深入准确的批评，读者若稍加留心，就会对理解这本书的文学性有很大的帮助。

至于为什么会想到写这样一本书，我在原版的后记里做过一点说明，这里不妨再大致重述一下。

生活在一个纷纷乱乱、假象丛生、怪诞不义的世界里，很多人都会觉得困惑，觉得迷茫，看不到出路在何方，对囿于学界生活的人何尝不是如此？于是有人躲进象牙塔做学术，似乎不失为一种积极的选择。不过我却有点不甘心，难道真的不能在象牙塔之外做一点事？比如，能不能为学术界之外的读者写点东西？由于有了这样的想法，我在这本书的写作中大胆地做了一些文学实验，既不同于小说虚构，也不同于学术研究，而是综合多重叙事元素，把想象、思考、疑惑，还有写实、虚构、历史全都融于一个故事性很强，却又比较散漫的叙事文体之中，看能不能创造一种新的写作方式，做到书好看，但不至于丧失深厚的思想性。从根本上说，文学也是思维的一种方式，而越是复杂的思想就越需要文学的独特力量去展开，因此尝试这种实验性的写作，对我自己来说也是一次思想方式的突破，它让我充分地、自由地讲述一些别人没有讲过的故事。

书中的很多故事，既和现代知识人的心路历程有关，也和我对书中描写的那一段蹉跎岁月的整体思考有关，其中包含了许多我自己内心的困惑和纠结。如今回头看，那个惊天动地的二十世纪已渐渐地离我们远去，它同时也给我们留下了一大堆问号，本书的写作可以被看作对这些问号的回应。

需要交待一下的是，此是2013年先由香港牛津大学出版社出版繁体字版，中信出版社2014年出版简体字版。尽管由于"六个字母"进入书名，引起了多多少少的误会，这本书依然获得很多热心读者的肯定和赞扬，这让我非常欣慰。三联书店编辑冯金红女士近来一直鼓励我，认为这样一本已被很多读书人喜爱的好书，竟多年不见于图书市场，实在可惜，于是我花了不少时间，做出这个修订版。

虽说是修订，但我结合近日研究中的一些新材料，对书的内容做了不少的补充，或许，这让其中的一些人和故事在整体上获得了新的面貌，涵义上也有所深化。此外，修订版更名为《剑桥的陌生人》，是希望避免再次发生不必要的误会。

在本书的创作过程中，我得到了很多朋友的鼓励和帮助，他们不仅阅读了我的初稿，还给我提出很多修改和建议，但愿这本书没有辜负大家的厚望。我特别要感谢韩少功、北岛、李陀、格非、董秀玉和林道群给予我的支持和鼓励。

刘禾

2021年12月27日定稿，纽约

目 录

前言　1

剑桥的陌生人　1

2013 年版序言　韩少功　245

剑桥的陌生人

1

日落时分,我从瑞士阿尔卑斯山脚下的小城,登上了开往日内瓦的列车。

白天一整天在陡峭的少女峰上爬山,片刻不停,现在忽然放松下来,才感到肢体的极度疲倦。列车停停靠靠,走得很慢,几个小站过后,我沉沉欲睡,竟不知身在何处。好像过了很长的时间,列车又一次停靠在某个小站,听不清站名叫什么,我伸手拿过水瓶,喝了一口。为了努力让自己清醒一点,便从桌上拿起已经读了一半的纳博科夫的小说《塞·纳特的人生真相》,接着再往下看。

自从登上了这趟火车,二等车的这排沙发椅上只有我一个人,对面的座位始终空着。就在这时,走过来一位个头不高、看上去约莫六十七八岁的男人,他朝我礼貌地点了一下头,把手提包放在头顶的架子上,便在对面的椅子上坐了下来。

列车继续前行,窗外远近的灯光一闪而过,在空中绘出上下飞舞的直线和圆弧。我正盯着窗外舞动的线条发呆,忽觉玻璃窗上映出一双明亮的眼睛,正在注视着我。扭头一看,对面的陌生人正在朝我和蔼地微笑,他的两条粗重的眉毛跳动了几下。天气真不错。

You...Japanese?他带了一点法语腔问,以为我是日本人。

No...当然不是。我不习惯和陌生人搭话,欧洲人经常弄错,把中国人当成日本人,问得次数多了,让人心中略生不快。

陌生人摘掉手上的羊皮手套,指着桌上的书说,你懂英文?我点点头,和他含糊应酬几句,目光又转向窗外。我此时并无心情和人聊天,陌生人也顺着我的眼睛向窗外看去。这时,火车驶入了日内瓦湖区,月光下的湖水银波荡漾,远方的阿尔卑斯山脉影影绰绰。

战后我第一次去英国,陌生人忽然说。他停了一下,两条粗重的眉毛跳动了一下,眉毛是灰白色的,我注意到,那两只夸张的耳朵还在轻微地抖动。陌生人扳着手指头说,好像在自言自语,我去的是伦敦、剑桥、曼彻斯特、爱丁堡……他看了一眼没有数到的大拇指,然后朝我跟前凑近一点。你去日内瓦?

我点点头,是第一次来瑞士。

让我来猜猜,像你这样的亚洲女子,独自在欧洲旅行,是来度假,还是来找人?他把脑袋向左边一侧,两条浓眉下面的眼睛专注地看着我,两只耳朵继续微微地颤动。

我不想回答,嘴里却说:找人。难道他还要继续盘问?

陌生人稍微张了一下嘴,点点头,若有所思的样子。他拿起放在身边的羊皮手套仔细戴上,然后又轻快地把它脱下来。我叫奈斯毕特,说着他伸手,和我握了一握。

奈斯毕特?真奇怪,这人难道是从纳博科夫的小说里走出来的?我把自己的名字也告诉了他。原来你是中国人。

陌生人忽然来了兴致,他接着刚才的话头继续说:二战后我先是到了伦敦,然后又搬到巴黎。联合国教科文组织刚成立的时候,我在秘书处干了两年半,认识几个中国人。我那时很年轻,现在已经退休十多年了。记得当时一个很有学问的中国人在某一个部门主事,他叫什么名字?让我想想,游—党—林……是林语堂吗?我好奇地问。

对,对,是他……啊……对不起……他从衣兜里掏出一叠纸巾,抽出一张,开始大声地擤鼻涕,擤了一会儿,又抽出一张纸巾,仔细地擦了擦自己发红的鼻头,然后把用过的纸巾仔细卷起,放进裤兜。

接下来,他又说:啊,我记起来了,新成立的联合国教科文组织秘书处有一位能干可爱的中国女人,英语讲得漂亮,还会说法语,她人很聪明,见过世面,好像是搞科学出身的,名字我还记得,叫桂—简—路。

桂—简—路,鲁—桂—简?她是谁?好像从来没有听说过这个名字。

奈斯毕特先生似乎猜到了我的心思。他说,等一等。马上站起身,从行李架上把公文包拿下来,打开侧面的拉锁,从里面掏出一个很旧的笔记本,哗哗地翻几下,从本子里撕下一页空白纸。我递给他一支圆珠笔。奈斯毕特先生抬头看我一眼,在纸上把他刚才所说的名字工工整整地写下来,递给了我。我接过来一看,上面写着Gwei-Djen Lu,这是很少见的汉字注音,既不是老派的韦氏拼音,也不是当年传教士使用的注音符号,比如像用Peking来书写"北京"的发音。

我摇摇头,从未见过这个名字。

窗外的灯火飞驰而过,犹如月光下闪烁的河流。我意识到火车开始减速,透过铁道附近楼房的黑影,隐约看见道路上一晃而过的红绿灯,公路桥下开始出现川流不息的车流。这时,列车上的广播响了:前方到站是洛桑车站。

火车驶进车站时,车厢里立刻沸腾起来。身背行李肩扛滑雪板的年轻人,大呼小叫、成排结对地往外走,奈斯毕特先生碰巧也在这一站下车。他站起身来,将公文包从行李架上取下,不慌不忙地说:认识你很高兴,后会有期。

我与他挥手道别,也说了一句同样的话,奈斯毕特先生走到车门口,略停了一下,转过身对我说:哦,听说 Gwei-Djen Lu 女士后来去了剑桥大学。

奈斯毕特先生的背影逐渐消逝在站台的夜幕之中。

我低头又看了一眼写着 Gwei-Djen Lu 的纸片,然后把它仔细夹在我正在读的小说书页里,脑筋飞快地转动起来。这个陌生人让我想到纳博科夫一本书里的那个烟斗不离手的同学 Nesbit。哪会有这么巧,奈斯毕特的名字听起来一模一样?但我明明知道,纳博科夫书里的那个奈斯毕特只是一个化名,其实并无此人,就连作者自己都没有刻意隐藏这一点。

车轮正在有节奏地向前行驶,窗外景物变得越来越暗淡,我的思绪也随之涣散起来。这时,Nesbit 和 Gwei-Djen Lu 这两个名字的十六个字母,慢慢地升到空中,在我的眼前旋转起来,如同动画片里的单个字母,歪歪斜斜地分散开来，组成奇奇怪怪的词组，但我一个都认不出，好像在辨认徐冰的《天书》里面的神秘的字。

忽然，有个词组从一堆飞舞的字母中跳了出来，那字形似曾相识，却看着陌生，使我焦急万分。正当我努力克服自己的惰性，打算看得清楚一点时，那个神秘的词组却早在空中化为乌有……

2

人的好奇心总会被一些莫名其妙的小事勾起，就像奇妙的数字组合142、857、1919，等等。每当碰到这一类的字谜，我情不自禁就想探个究竟，经常滑入某种类似侦探的情结，而不能自拔。比如，当初我对作家纳博科夫发生兴趣，其实是出于一件微不足道的小事，倒不是因为他的小说《洛丽塔》。这本书经过几次电影改编而风靡世界，受到各国粉丝的追捧。谁不知道有个纳博科夫呢？这个响亮的名字几乎成为现代都市人情感生活中的一道亮丽的风景。

说实话，我对纳博科夫的兴趣与文学的关系不大。细究起来，完全由于遏制不住自己对作者的好奇心，因为纳博科夫有一个奇怪的生活癖好，他一辈子不买房，总是不断地租别人的房子住，不断搬家。我想弄清楚的是，为什么一个贵族出身的作家会有如此怪癖？

纳博科夫一辈子搬过无数次家，每次都是租房住。上世纪四十年代，他从欧洲远渡美国，经几年辗转，最终在纽约州的康奈尔大学定居下来，那里也是胡适早年留学的地方。纳博科夫在康奈尔教了十几年书，他从不买房，只租房。大学有上千名教授，总有人休长假，有人出租房屋，因此，纳博科夫一家三口，不愁租不到地方住。他的这种做法，在精于盘算的美国人眼里，自然是极不明智的。后来，小说《洛丽塔》一炮打响，成为畅销书，版税收入源源不断，纳博科夫从此衣食无忧。但他依旧不买房，依旧租房住。到了晚年，他搬回欧洲，索性和妻子住进一家瑞士小城的宾馆，租了一套客房，一住就是十几年，直到他离开人世。

一个作家一辈子租别人的房子住，实在少见，尤其放在欧美作家的行列里，就更显突出。这不能不勾起我的好奇心：纳博科夫为什么选择这样做？是不是有什么特殊的原因？是不是他早年有一些不为人知的心理创伤？

工作之余，我开始零星地搜集有关纳博科夫的各种资料，想从他的人生踪迹中找出某种心理逻辑，因为在我看来，任何古怪的行为后面总是隐藏着一个真实的理由。我完全没有想到的是，手中的资料汇集得愈多，我的研究就愈变得扑朔迷离，枝杈丛生，而且愈偏离主题，到后来，竟然放弃了原先的想法，沿着一条岔路越走越远。现在回想起来，最初使我偏离主线的导因，可能还是一封不期而至的电子邮件。

3

那天傍晚，我收到一封电邮，是来自瑞士的巴塞尔大学的普通会议邀请信。多年以来，我对于参加这一类的学术会议，变得兴趣日淡，经常找些借口，推辞了事。可是这一回实在难于推辞，因为会议地点太吸引人了，英特拉肯（Interlaken）是瑞士阿尔卑斯山脚下的一座小城，欧洲的滑雪胜地。从这里搭乘小火车，坐上一段缆车，就能登上那座享有欧洲巅峰之盛誉的少女峰，上面有长达二十三公里的阿莱齐冰川，据说它是阿尔卑斯山上最大的冰川。

从纽约飞到欧洲共要六个多小时，抵达日内瓦国际机场后，再乘两个半小时的火车，才能到达瑞士小城英特拉肯。临行之前，我从书架上顺手抓了一本书塞进旅行袋，预备在路上打发时间。这是纳博科夫的小说 *The*

Real Life of Sebastian Knight,中文译名是《塞·纳特的真实生活》,我倒是觉得译成《塞·纳特的人生真相》可能更准确一些。书名平淡无奇,但它属于让我着迷的那一类作品,是纳博科夫用英文撰写的第一部小说。在我看来,比起后来在商业上声名大噪的《洛丽塔》,这部《塞·纳特的人生真相》读起来更加耐人寻味,技巧上也许更胜一筹。不过,我为什么特别喜爱这本书,这里面是不是有更隐秘的因素?其实在当时,我自己也不甚了然。

人的命运有时很诡异。有人足不出户,就无所不通,实际上一辈子只生活在自己熟悉的小天地里。比如哲学家康德,他从未离开过自己出生和成长的城市哥尼斯堡,可是竟然在大学里长期讲授人类学,这在后来的人类学家看来,即使不算犯规犯忌,也不大靠谱——不做田野调查的人类学,算什么人类学?好在康德讲授人类学和撰写人类学著作这件事,差不多早已被人忘记,也很少有人追究。

与足不出户的哲人形成鲜明对照的是另一类人,他们浪迹天下,一生漂泊,始终找不到归宿,最后说不定客死他乡。他们都是一些失去家园的流亡者。

生于孰地,来自何方?

这样的人在二十世纪很多,以后会越来越多。其实,这种流亡者在世界各地都能碰到，我周围的朋友和同事里就有很多这样的人。我不是指通常意义的流亡人士或持不同政见者，而是一群追梦的人，灵魂深处不安分的人。这些人不切实际、耽于幻想，似乎只能在幻想之中安身立命，否则，这种人为什么总是和文学或思想多少有些缘分？纳博科夫在《塞·纳特的人生真相》中就写了这样一个追梦的流亡者，不过，这小说的不寻常之处在于，主人公塞·纳特的下场预示了作者自己后来的命运，因为小说发表四十年后，纳博科夫本人也客死他乡，选择的地方就是我刚才提到的瑞士宾馆。

在我的心目中，人可分为两大类。爱做梦的人属于一类，喜欢经营和务实的人属于另一类。细想一想，人类大量的悲剧和喜剧源源不断地在这两类人之间展开。它似乎比血缘、种族和文化的界限来得更分明，也更神秘一点。比如亲兄弟之间、亲姊妹之间 DNA 无不相同，但他们之间常常存在着巨大的差异，这个差异追究起来，可能因为哥哥是不可救药的幻想家，而弟弟是脚踏实地的人，稳扎稳打，他心里比谁都清楚，这个世界显然容不下哥哥这种人。不务实的人难道不在现实面前碰得头破血流？最奇怪的是，世界上像哥哥这种人层出不穷，个个都执迷不悟，不可救药。这才叫人诧异不已……

列车上的广播说，英特拉肯站马上就到了，我赶忙向窗外望去，残冬的英特拉肯徐徐滑入车窗的视野。第一眼看上去，这个小城就像欧洲的任何一处旅游胜地一样，美丽而不真实。我把眼镜摘下，呵了口气，把镜片仔细擦拭几遍，再抬头看时，重重叠叠的阿尔卑斯山脉已经赫然矗在眼前，几座高峰在雾中小城的背后平地拔起，高耸入云，巍巍峨峨。火车停靠英特拉肯东站的时候，天色变得阴沉起来，旋即空中飘起了雪花，雪花里掺和着一些细小的冰粒，大约就是古人所说的雪霰。

我因出发时忘了带伞，下车后，凌空飞舞的冰粒砸在脸上，有点隐隐作痛，幸好打听到，宾馆的位置离车站不远。走在空无一人的街道上，两旁店铺紧闭大门，这光景似乎不像是一个度假胜地，我感到有些意外。沿途看到两三家餐馆，似乎还在营业之中，其中有一家中餐馆外卖店，生意萧条，毫无人气。不论走到世界的任何地方，哪怕是天涯海角，必然会碰到这种千篇一律、装潢俗气的廉价中餐外卖店，我早先还有些奇怪，现在已经见怪不怪了。

雪越下越急，几乎叫人睁不开眼，抬头一看，云层又加厚了，偶尔露出狭窄的缝隙，让人瞥见藏在后面黑压压的山峰。几乎在一秒钟的瞬间里，山峰像魔术般地闪现出来，即刻又融化在云雾背后，叫人看不清这云雾后面的真实情形。我心底里忽然升起一股怅惘的情绪，但说不清是为了什么。这时，一个遥远的声音在耳边响起：

谁在那边踏雪，终生不曾归来？[1]

4

第二天起晚了，赶到餐厅时，发现只剩下一个孤零零吃早饭的人。他是一位中年的美国学者，个头不高，但衣着极为考究，用英文来说是 well groomed。他和我同样由于时差的原因，都起晚了。我们彼此问候了几句，他匆匆看着腕上的表说，会议马上开始了，我先走。说完就起身告辞。刚走出几步，好像忘记了什么，他转过身问，你对英特拉肯这个地方的印象怎么样，我说，还不错吧，你也是第一次来？他说是，然后指着自己的衬衣说：瑞士人只认名牌和高档商品，别的什么都不懂，瞧，我的名牌袖扣就是专门戴给他们瞧的。听他这么讲，

---

[1] 欧阳江河《初雪》（组诗《最后的幻象》），摘自《谁去谁留》。

我这才注意到他身上穿的那件浅蓝色的衬衣,的确质地优良,袖口上别着一对晶莹透亮的装饰扣,这扣子到底是什么名牌?不待我弄明白,此人已从我的视野中消失了。

走进宽敞明亮的会议厅时,上午第一场的发言已接近尾声。一位来自德国法兰克福的历史学家正在发言,我仔细一听,才知道他在描述1919年欧美列国迫使德国签署《凡尔赛条约》的场景。这位世界大战的专家认为,《凡尔赛条约》造成了德国人丧权辱国,激怒了德国的普通大众,由是希特勒得以乘虚而入,终于酿成第二次世界大战的悲剧。报告人的话音刚落,一场激烈的争论就开始了。我刚才在饭厅碰到的那位美国学者,马上质疑报告人的欧洲中心论,他一边说,一边情绪激昂地打着手势,衣袖上的袖扣熠熠闪亮。

1919年,一个充满变数的年份:难民、条约、巴黎和会、经济制裁、家国……但是,对个人来说,对一个普通人的命运来说,1919年究竟意味什么呢?

我变得有些心不在焉,会场上的发言依然在继续,渐渐地,嘈杂的人声退到了很远的地方,我的思绪开始游移开来,不知不觉地想到纳博科夫。

1919年,我努力地回想,这一年,纳博科夫,他在哪里?翻开笔记本的最后几页,那上面有我曾经随手记下来的几个名字,不过没写日期。我在这几个名字之间曾经勾勒出几条虚线,其中一条线把纳博科夫和被他化名称为"奈斯毕特"的剑桥大学同学连接起来。我在搜集有关纳博科夫的材料期间,这个"奈斯毕特"一直让我很好奇。他是谁?我掌握的相关信息很少。

纳博科夫在自传里提到过一个细节,他说奈斯毕特在讲话的时候,总是烟斗不离手,而且这人磕烟斗、放烟丝、点火和抽烟的姿势总有点与众不同。不知为什么,那一连串重复性的动作给纳博科夫留下了特别深刻的印象。

这个奈斯毕特是英国人,他酷爱文学,并毫不讳言他对列宁和十月革命的拥护,他的政治立场是纳博科夫所不能接受的,两个朋友因此而经常争吵,有时争得面红耳赤。纳博科夫毕竟是在俄国革命爆发后,才流亡到英国的俄国贵族后裔,并且他对政治历来都很反感。这使两人之间的友情总是磕磕绊绊,而只有当话题转移到他们共同热爱的诗人和作家时,两人才言归于好。

这些线索是我在纳博科夫的自传里读到的,是我当时所能找到的唯一线索。

出于某种原因,纳博科夫不愿透露此人的真实姓名,据说他在发表这部自传的时候,那位当年的大学同学已成为令人瞩目的公众人物,他的名字在英国几乎家喻户晓。这就让我更好奇了,奈斯毕特这个化名背后究竟隐藏了一个什么大人物？

我在笔记本里把NESBIT这六个字母用大写拼出，来回变换字母的排列顺序，企图从中发现隐藏在这六个字母背后的密码，但始终毫无所获。直觉告诉我，这条线索很重要。要是运气好，它能帮我解开心中的谜团。

历史上有太多难解的谜团，多重的偶然性和时间脉络意外地交叉在一起，迷雾重重，幽深难测。最近听说，有人研究气候变化与人类战争的关系，拿出大量的数据，声称战争爆发的时间和持续的时间，都与气候变化有着千丝万缕的联系，然而，这之间真的是一种因果关系，还是有更复杂的因缘在起作用？我一直认为，因果关系是我们人为地建立起来的分析模式，而由偶然性和时间脉络构成的意外交叉，则大不同，它也许更像气候，更像地球的生态，那里面的因缘脉络无比庞大和复杂，如同科学家所说的蝴蝶效应，这一类的复杂系统究竟如何运行运作，其实是我们凡人难以把握的。

说实在的，一个人想要撇开现成的历史书，另辟蹊径，寻找通往时间深处的幽暗小径，谈何容易。在我接触到的有关二十世纪的历史叙事中，1919年，1948年，1968年，1989年这几个年份，尤其扑朔迷离，好像是一团团理不清的乱麻，无论你往前梳理，还是往后梳理，都无法清晰起来。这不能不令人怀疑历史学家的因果逻

辑和叙述技术,反倒是诗人的想象更能唤起我们的灵感:

> 多么漫长,这个春天
> 一直徘徊到冬天的尽头
> 时间丢失了它的鞋子
> 一年犹如四百年[1]

为了弄清一战和1919年以后的变迁,我曾多次钻进图书馆和档案馆,翻阅从前的图片、电报、文献,还有报纸刊物。在图书馆里,布满灰尘的纸张永远散发着一股特殊的气味,霉味里似乎掺和着一点果香,我一边嗅着熟悉的气味,一边埋头翻找所有可能找到的线索;有时看累了,闭上眼睛,任凭时光流转,幻觉中好像这故纸堆的气味转化成为历史本身,我自以为已经触摸到1919年的脉搏。可是一睁眼,又陷入深深的沮丧,在此之前,世界上发生了那么多的事,活过那么多的人,而在我们的身后呢?一百年以后?一千年以后?这一类的胡思乱想经常干扰我的思绪,加之几次寻找的线索,都化作捕风捉影的努力,我不止一次想到放弃。

---

[1] 聂鲁达诗《太多名字》,摘自《狂想集》。

在瑞士英特拉肯的最后一夜,风暴戛然停止。早晨起来时,云雾已不见踪影,我们得到消息说,通往少女峰的小火车开放了。这天下午,久违的蓝天显得格外透明,蓝天衬托着白皑皑的雪山,我想象中的阿尔卑斯山竟然化为现实。和会上认识的几位学者结伴出行,我们登上了小火车,沿着蜿蜒起伏的山区铁道缓慢爬行。列车像一列挂在险峰和山壑之间的玩具火车,惊险无比地蠕蠕行进,一眼望下去,身边就是万丈深谷,难怪这条铁路在暴风雪期间必须关闭。火车在海拔三千四百五十米处,驶入一个山区小站,这大约是欧洲海拔最高的火车站。

站台上的人群川流不息,许多人是肩扛滑雪板的青少年。我们看到远处有人在排队乘缆车,也赶过去排队,不久便登上了拥挤的缆车。这里是滑雪族的天下,全副装备的年轻人抱着滑雪板和游客挤在一起,滑雪板几乎遮住了每个人的视线,我努力往后车窗移动,想找到一个合适的角度朝外面看。缆车缓缓移动,隔窗远眺,只见一峰独立,众峰俯首,朵朵白云奔腾脚下。再定睛凝视,五只滑翔伞倏然从缆车的左方冲出,游戏般地绕过我们,在云雾中玩起天女散花的游戏——红、黄、蓝、绿、紫,五种色彩点缀起白雪皑皑的山脉,好一个阿尔卑斯山的气象!

不到少女峰,安知万象空?

5

在返回日内瓦的夜车上,我竟邂逅了一位也名叫奈斯毕特的人,那真是一次奇遇。冥冥之中,这个神秘人物在洛桑车站下车后,好像一直在指引着我,而我自己浑然不觉。后来才忽然想到,哎呀,火车停靠洛桑车站的时候,我本该从那里下车,然后换乘一趟车,顺道去蒙特勒访探一回,因为纳博科夫去世之前,不就是住在蒙特勒这个滨湖小城的一家宾馆里吗?我开始懊悔不已。

后来回到家中一翻地图,果然发现洛桑市距离蒙特勒小城只有不到半小时的车程,才不到半小时啊!我更懊悔了,一个人在路上稍不留意,就自动地被某个既定的目的地所约束。我当晚为什么非赶回日内瓦呢?其实我明明知道,从日内瓦返回纽约的班机是第二天下午五点,中间还有十几个小时可以消磨。回想起来,我本来可以偏离英特拉肯到日内瓦的路线,从洛桑下车,换乘另一趟列车,绕个弯路去蒙特勒,说不定我在纳博科夫住过的宾馆里,还会有一两个新的发现……

说来也巧,过了几个月,我申请的一笔研究经费批下来了,这意味着第二年夏天,我又能去欧洲旅行一次。剑桥大学图书馆里保存着英国海外圣经公会的档案,我计划在那里查一些有关鸦片战争期间来华传教士的资料，为我正在写的一本书做准备。这是一次难得的机会，我打算在剑桥的研究完成之后，从伦敦飞往柏林去探望我妹妹一家，如果时间充裕，再从柏林乘火车去德累斯顿，然后，去布拉格……

在此之前，我虽然从未去过剑桥，但脑子里似乎已存留着一些顽固的印象：三一学院的古老庭院，国王学院的礼拜堂，中世纪风格的基督教堂，大学城里那条秀美的康河（也称"剑河"），河上有一座著名的"哭泣桥"。后来我问自己，这些印象都来自何处？想来想去，似乎出自同一个源头，那就是"五四"时期留学英国的那一代人的诗文，尤其是徐志摩的《我所知道的康桥》，还有他的一些诗歌，比如《再别康桥》：

　　…………
　　那河畔的金柳，
　　是夕阳中的新娘；
　　波光里的艳影，
　　在我的心头荡漾。

　　软泥上的青荇，
　　油油的在水底招摇：

在康河的柔波里，

我甘心做一条水草！

……………

上中学的时候，我们读的不都是这一类的诗文吗？记得我后来留学读博的时候，选过一门现代英国诗歌的课，在课堂上，教授有时谈起上世纪二十年代的剑桥大学，常常描述那里的人和生活，我当时惊讶极了，原来"五四"那一代人给我们传递的信息是那么有限。

徐志摩去剑桥大学，据说是因为他在伦敦的时候，正好和林徽因的恋情受到挫折，于是放弃在伦敦政治经济学院的学习计划，来到剑桥，成为国王学院的特别生，那是1921年春。虽然徐志摩在剑桥逗留的时间不长，超不出一年半，但那次经历居然成为他人生的新起点，他的志趣从此由政治学转向文学。

初抵剑桥时，究竟什么东西让徐志摩感到新鲜？他写道："从此黑方巾、黑披袍的风光也被我占着了。"这里所说的黑方巾和黑披袍，指的是剑桥本科生在正式场合，或在某些规定的场所，必须穿戴的学位服。我用心琢磨这句话，不知道他说的"占着了"是什么意思，究竟是说他自己也戴了黑方巾，身穿黑披袍呢，还是他仅仅站在国王学院桥边的那棵古树下，隔着一段距离，观望那些身着黑方巾和黑披袍,在他眼前走过的剑桥学生呢?

我的猜想是后一种可能性。理由是,徐志摩当年只是国王学院的特别生,不算是正式注册的剑桥学生,因此他不可能穿上黑色的本科生的学位长袍,也不可能住在剑桥大学的学生宿舍里面。我调查了一下,他始终住在校外,而住在校外的好处是,不必像剑桥学生那样夜晚翻墙回宿舍,动辄被门房处以罚款。

徐志摩来到国王学院的那年春天,留学生纳博科夫已是剑桥大学二年级的学生,他的宿舍在三一学院的西南角,斜对面就是牛顿当年住过的宿舍。纳博科夫对他在英国留学那几年的记忆,与徐志摩的温馨回忆恰成鲜明对照,用纳博科夫自己的话来说,那是一段隐晦和潮湿的时光,从一开始就充满了不祥的预兆。

二十岁的纳博科夫在1919年10月1日正式注册,成为剑桥大学三一学院的学生。报到的那天,他身穿黑中透蓝的学位长袍,头戴黑方帽,去见导师哈里逊,但很快就发现自己走进了一场荒诞剧。根据纳博科夫在自传里的回忆,大致的情境应该与我下面的描绘相差不远。

导师的办公室在二楼,一年级学生纳博科夫走上楼梯,来到哈里逊办公室门前,沉重的大门虚掩着,他轻轻敲了一下。

进来！

一句短促的声音从远处传来。

已是黄昏时分，纳博科夫穿过前厅，小心翼翼地走进导师的书房。书房的光线很暗，只有大壁炉那边透过一息微弱的火光，他隐隐绰绰地看见壁炉前摆着一把椅子，但看不清椅子上坐着什么人。纳博科夫向前跨了一步。我的名字叫……

话音未落，他不小心一脚踢翻了哈里逊先生放在座椅旁边的茶具，壶里的茶叶全部翻倒在地毯上。哈里逊不满地嘟囔了一句，从座椅上斜过身来，伸手把茶壶扶正，然后用手指头掬起茶壶口吐出来的那一团黑糊糊的茶渣，又把这团东西重新塞回茶壶。

这一类的情景似乎时常发生在纳博科夫身上，叫他窘迫不已。

对于一个在圣彼得堡长大、娇生惯养的俄国贵族后裔来说，剑桥的学生生活实在难以忍受，尤其是宿舍里的寒冬。他写道："冬天的寒冷让我苦不堪言……早晨起来，水罐里总是结着一层薄冰，用牙刷轻轻地一敲，薄冰立刻成为碎片，把水罐弄出叮当的响声。"也许这种叮当声还算悦耳，但早晨起床，是一场逃避不了的磨难。纳博科夫身穿单薄的睡袍，胳膊下面夹着一包浴具，打着寒噤从宿舍走到浴室，途中要穿过那个狭窄的三一巷。

由于他喜欢潇洒，拒绝像英格兰人那样贴身穿毛衣，所以他身上穿的那件从伦敦买的紫红色睡袍，必定让他经受零度以下气温的考验……

6

这个三一学院和徐志摩所在的国王学院同处一条街，相距不远。两者之间仅隔着另外两个学院，圣约翰学院和冈维尔-基兹学院，后者俗称基兹学院。剑桥大学的主体，与牛津和欧洲其他古老大学一样，是由几十座本科生学院——即北美所谓的开明文理学院（liberal arts college），这是我个人的译法，因为"博雅学院"的译名含糊其辞——组成的。至二十世纪初年，剑桥已拥有23个本科生学院，后来扩充到31个学院。本科生在各自的学院里生活，但他们可以在剑桥大学的任何院系选课。

我猜想，当年徐志摩站在国王学院桥边的那棵古树下，观望那些头戴黑方巾、身披黑披袍的剑桥学生的时候，未必没有看见纳博科夫的身影在他眼前闪过。我甚至怀疑，在1921年初夏的某一个清晨，徐志摩可能与穿着紫红色睡袍的纳博科夫在三一巷的拐角处不期相遇，当然，他们相互并不认识。

两人擦肩而过，各自走向一个未知的命运。

人们今天很难想象，二十世纪二十年代和三十年代的剑桥并不像今天这么平和宁静。在那时，剑桥大学是一个充满激烈的理念冲突的地方，思想与思想的交锋几乎把校园变成一个战场。纳博科夫的同学奈斯毕特信仰社会主义，而当时这样的大学生在校园里到处都是，他们中的许多人都想从纳博科夫和白俄留学生的口中获得一些关于俄国革命的信息，奈斯毕特就经常来找纳博科夫聊天。这人身材修长，举止优雅，显然来自有教养的家庭。两个人聊天的时候，奈斯毕特用手不停地摆弄他的烟斗，一边抽烟，一边耐心地倾听纳博科夫对俄国革命的抨击。

但无论如何，你必须承认列宁是一个了不起的政治家，他改变了世界，奈斯毕特说。

没错，他改变了世界，纳博科夫忍不住反驳道。你知道他是怎样改变世界的吗？英国人孤陋寡闻！你们听说列宁杀人如麻吗？你们听说多少人被布尔什维克扔进牢笼，遭受酷刑，被流放吗？

奈斯毕特倚在壁炉旁边，把烟斗在壁炉台上磕了几下，磕出里面的烟灰，他的两条长腿换了一个姿势，又重新悠闲地交叉起来；那两只手始终不停地动作，他不慌不忙地把烟丝装好，打火，点燃，深深地吸上一口，这才把烟斗从口中拿开，缓缓说道：

你家人的不幸，我说过我很同情，但你别忘了，列宁发动的是一场从未有过的革命，革命能不流血吗？更何况，资本主义国家对苏维埃新政权进行了全面的封锁，特务间谍天罗地网，时刻在威胁着它的生存，你说它能不整天紧张，有过激的反应吗？再说，从前的沙皇统治残暴不残暴？列宁推翻的是沙皇统治，还有你们这些白俄贵族，要不然，他怎么能让工人农民当家做主？

纳博科夫寸步不让，他说：像你这样整天坐在安乐椅上的社会主义信徒，不如搬到苏联去住一住，你亲身体验一下苏维埃政权的厉害好不好？我敢打赌，列宁会把你这样的知识分子全部赶尽杀绝，就像农民捕杀野兔那样毫不留情，到时你还唱什么高调？刚才提到沙皇时代，我告诉你，即使在沙俄最黑暗的年代，我们还能听到不同的声音，可是现在呢？

现在……奈斯毕特把烟斗从嘴里拿出来，在空气里做了一个优雅的手势，打断了纳博科夫的话。

他笑着提醒纳博科夫：恕我直言，自由言论从来就不是贵国的传统，这和布尔什维克没有必然的联系吧？换个话题吧，我一直想问，你怎么看马雅可夫斯基的诗？

阴郁

的雨

飞着斜的目光，

电线流着铁的思想，——

像铁窗一样

清清楚楚……

奈斯毕特一字不差地背诵了马雅可夫斯基的这首诗。纳博科夫听罢，沉默了一会儿说：马雅可夫斯基的语言，属于我们的时代，很有力量，我承认他的原创性超过鲁伯特·布鲁克，不过，我本人更喜欢普希金……哎，先不要转移话题，你们英国人对俄国的了解太过肤浅……

鲁伯特·布鲁克（Rupert Brooke）是他们两人共同喜爱的英国诗人，可惜他英年早逝，并且去世前一直是国王学院的宠儿。纳博科夫在大学期间将布鲁克的几首诗歌译成了俄文，经常和奈斯毕特在一起议论他；他们当时还常谈到另一位诗人，这人名叫郝斯曼（A. E. Housman），就生活在剑桥。纳博科夫是三一学院的学生，郝斯曼是这个学院的院士，教授拉丁文学。

晚上在学院的餐厅里，纳博科夫偶尔碰到这位教授诗人，郝斯曼面色阴郁地往教员高桌那边走，上唇的胡须像茅草一般耷拉在嘴角两边。在当时，布鲁克和郝斯曼都是英国最知名的诗人，剑桥的本科生都喜欢在背后议论他们。

7

在英国同学中，奈斯毕特最早成为纳博科夫的朋友，说不定也是他唯一的英国朋友。有了这个当地朋友的引导，纳博科夫才有幸进入剑桥大学的特有文化圈，也才有幸了解并且遵守剑桥本科生的那些不成文的规矩。本科生的这些禁忌不但繁复，而且让纳博科夫，也让今天的人觉得怪异。比方说：

禁忌之一。在任何情况下，见人都不握手，不点头，不问早安。碰见熟人，包括碰见教授的时候，咧嘴一笑，或者高喊一声就行了。

禁忌之二。无论天气有多冷，外出不得戴帽子，不得穿大衣——这一条其实不易遵守，原因是纳博科夫最不喜欢穿英格兰毛衣，他不穿大衣就得感冒。

禁忌之三。不得遵守学校制定的任何规矩，晚上有必要翻墙时就翻墙，绝不循规蹈矩。

新朋友奈斯毕特身上有一种颇劲儿，这叫纳博科夫很喜欢，但他很快就明白，除了在文学上有共同的兴趣和爱好，两人可以彼此欣赏之外，在政治上，自己永远不可能与这位朋友志同道合，更不必说在经常的辩论中说服他了。那个时代的剑桥大学，像奈斯毕特这样的左翼知识分子有一大堆：费边社会主义、共产党、工党、女权主义、布卢姆斯伯里团体（Bloomsbury Group）、使徒会、邪学社、裸体派等，这些人聚在一起时，总是进行无休无止的思想辩论。1917年俄国革命爆发以后，这些英国人全都对俄国产生了浓厚的兴趣，也开始注意到剑桥大学新到的几位俄国留学生，这些俄国学生是尾随父母来到西欧国家避难的青年。

有天下午，纳博科夫被一个左翼学生团体叫去做公开讲演，请他从白俄流亡人士的角度谈谈俄国革命，为当地的听众现身说法。这对纳博科夫来说，难度不小，因为他一直不善于在公众面前讲话，也不喜欢卷入政治，更不必说做政治演讲和辩论，所幸的是，他有超人的记忆力。此刻，这个特长帮了他的忙：纳博科夫的父亲曾是沙俄时代的杜马议员，也是一位经验丰富的政论家，经常在报刊上发表言论，当时就在柏林主编一份他自己创办的俄国流亡人士的报纸。纳博科夫找来父亲的一篇时政论文，在主席台上用英文把它流利地背诵了一遍，大意是谴责列宁的一党专政，指责布尔什维克断送了俄国的民主前景——我们可以猜想，纳博科夫背诵完毕之后，定然大大松了一口气，但当时的场面出乎他所料：这番背诵结束后，台下的听众马上举手提问，一个接着一个的尖锐问题，犹如万炮齐轰，不善言辞的纳博科夫完全不知所措，只好搪塞几句之后，仓皇逃跑。

过了不久，剑桥大学右翼学生的一个组织也开始向他靠拢，希望拉他参加右翼团体的活动，但纳博科夫很快就发现，这些人向他示好的原因很简单，纯粹为了反共，他对这个浅薄的理由是很不屑的。又过一段时间，他注意到，这个右翼团体周围聚集了一大批出于各种不同的动机凑在一起的杂牌军，他们各自心怀鬼胎，其中既有老牌帝国主义的吹鼓手，有种族主义分子，还有来自俄罗斯的白俄流亡人士。对那些失去家国的俄国同胞，纳博科夫尤其感到失望，他们斤斤计较于个人得失，一面为自家的房产地产被剥夺一事痛心疾首，一面却弄不清自己究竟是反对克伦斯基，还是反对列宁。纳博科夫后来在自传里写道：

> 我对苏维埃政权的不满始于1917年，但我的不满与财产之类的事情毫无关系。有些白俄移民"痛恨赤党"，因为赤党"偷走了"他们个人的钱财和地产，我对这种人的蔑视简直无以复加。多少年来，我思念我的故乡，因为我痛感自己逝去的童年永不复还，而不是在哀伤一大叠丢失了的钞票。

纳博科夫很失望地发现，这些右翼流亡人士狭隘自私、头脑混乱，如果与他们为伍，那将是一件可耻的事。为此，他不得不继续忍受奈斯毕特的列宁主义和他的烟斗。

事实上，纳博科夫的家族和沙俄时代所有的显赫世家都一样，在1917年的革命风暴来临之前，他们一直享受着贵族阶级的绝对特权。在孩童和少年时代，纳博科夫和他的弟妹们，多数时间都是在彼得堡郊外的魏拉公馆度过的，那里是孩子们的世外桃源，家中雇用了五十多个奴仆伺候他们的起居。纳博科夫从小陶醉于魏拉公馆周围的自然风光，他读书、下棋，到河边散步；高兴时，钻进浓密的杉树林里面，捕捉罕见的蝴蝶标本；稍后，他把自己心爱的姑娘带到那里去幽会。

魏拉公馆的平静生活是如此天经地义，直到有一天，也就是纳博科夫十九岁那一年，所有这一切在顷刻之间土崩瓦解，化为烟尘，他自己则一下子成为落难公子。在全家人颠沛流离、逃往外国的路途中，纳博科夫首次品尝到人生的辛酸。

8

纳博科夫成为小说家以后，他惯常使用分身术或折射法，把自己内心最隐秘的东西投射到小说的人物身上。

而且，当纳博科夫笔下的人物是一位作家，那么在这个作家创造的文学人物身上，我们就能捕捉到更多的蛛丝马迹。翻开《塞·纳特的人生真相》第七章，主人公纳特在他自己的小说里，叙述他——纳博科夫？——在剑桥大学时的心理状态：

> 我大脑里的天窗、盖子、门无时无刻不是一齐敞开的。多数人的大脑都有星期天，我的大脑却不肯休半天的假。这样持续不断的警醒给我造成了极端的痛苦，后果很糟糕。一件平常不过的事，轮到我，就变得极其复杂，它会在我的大脑里勾起一连串的联想，拐弯抹角，莫名其妙，一点实用价值都没有，因此，我或者干脆放弃不做，或者由于精神过于紧张，把事情搞得一团糟。一天早上，我拿了几首在剑桥写的诗，去找一个刊物的编辑，希望他能发表。结果，不知为什么，我说出的话完全不是我想要跟他说的话。也许是因为这位编辑说话口吃，有点特别，再加上屋顶和烟囱之间的线条构成了某种图案，窗户玻璃的瑕疵又将这个图案轻微变形——所有这一切，包括屋里散发的那股霉味（是不是字纸篓里的玫瑰花腐烂了？），一下子搅乱了我的心绪，结果我的思路不知跑到哪里去了，于是，我居然向这位初次见面的陌生人透露了我们俩共同认识的一位朋友的写作计划，这本来是人家让我替他

恪守的秘密，但话已经说出了口，才想起来，也就后悔莫及了。

我敢说，这是纳博科夫自己的一次真实经历。为什么这么肯定？因为他刚到剑桥那一年，写过几首不成熟的英文小诗，这几首诗白纸黑字地印在剑桥《英文评论》（*English Review*）上，发表的年代是1920年。由此看来，那位口吃的编辑很可能就是《英文评论》的主编。从这里，我们可以断定，纳博科夫是一个内心极其敏感，想象力格外丰富的人。如果逃避政治是他的最终选择，那么当他远离故土，必须每天说英文、写英文的时候，他大脑的天窗是如何面对流亡的这个现实？如何面对文化上的断裂和伤痛？

对于流亡中的作家来说，文化断裂的意思很具体，因为在日常生活中，他只能和人讲外语，没有机会讲母语。如果回顾一下二十世纪，其实这样的伤痛经历并不罕见，它一次又一次地在作家和诗人身上重演。

我记忆中特别深刻的一次，是诗人北岛的一次诗歌朗诵，大约在二十世纪九十年代初。当时我住在美国加州的伯克利城，那天晚上，伯克利的黑橡树书店挤满了听众。这是我第二次在美国见到北岛，他那些年不断地在北欧各国之间颠沛流离，这次得到美国诗人学院的邀请,来到美国的西海岸访问。我发现,北岛瘦削的面容上增添了一层忧郁的阴影,在众人期待的目光下,他走到麦克风前,平静地说,最近写了一首新诗,叫做《乡音》,然后轻声念道:

> 我对着镜子说中文
> 一个公园有自己的冬天
> 我放上音乐
> 冬天没有苍蝇
> 我悠闲地煮着咖啡
> 苍蝇不懂得什么是祖国
> 我加了点儿糖
> 祖国是一种乡音
> 我在电话线的另一端
> 听见了我的恐惧

我被深深地震撼了,这首诗的意象准确到几乎完美,隔多年以后再读,依旧如此。一个人独自对着镜子说中文,这近乎于疯狂的举动,比任何一种修辞都能够传达流亡者的心境,它把我带到北欧的冰天雪地,那些漫长无际的长夜。每读这首诗,它必然在我的头脑中唤出无声的《尖叫》那样的画面,与挪威画家蒙克对疯狂的理解十分吻合。诗歌竟成为救命的稻草，它对沦落他乡的流亡者来说，何尝不是一种宿命？

有一天，纳博科夫在剑桥逛旧书店，发现一部四卷本的《活着的俄语词典释解》，如获至宝，当即买来，他发誓每天读十页，一直不停地读下去。因为在这段时间里，纳博科夫忽然陷入一场巨大的惶恐之中，这是他离开彼得堡后的第一次精神危机。面对流亡这个铁打的事实，面对他自己永远可能要流亡下去的前景，二十岁的纳博科夫心里，产生了种种不祥的预感，他惶惑起来，不断地问自己：万一我失去了母语怎么办？

语言，唯有语言，才是他从俄国带来的财富；尤其对于志在写作的人，一旦失去了自己的语言，那不就等于失去了一切吗？纳博科夫开始通宵失眠。每晚回到宿舍，他把《活着的俄语词典释解》、普希金的诗集、果戈里和托尔斯泰的著作都一一摊开，摆在床上，他自己坐在这些书的中间，像发了疯似的阅读，一直读到天色泛白……

9

与这样的经历相比，徐志摩笔下的欧洲和剑桥大学，竟然是另一个世界，它往往让人想到明信片上的风光，想到职业摄影师的镜头,那是在合适的光线下捕捉到的理想画面,明暗对比、色泽浓淡都有安排,恰如一个旅游者的梦。

差不多在同一时期,剑桥本科生燕卜荪(William Empson)也在写诗,读他的诗,我们会碰到这样的开篇:

> 她此刻正对着湖水刷牙
> ············

这是燕卜荪的名句,粗狂率性,故意吓人一跳。如此景象,很难入画,更不必说和明信片上的风光相提并论。事实上,燕卜荪的方式更贴近第一次世界大战后的现代人的情感世界。

燕卜荪发表那些诗歌的时候,是剑桥大学莫德琳学院(Magdalen College)的本科生。燕卜荪很早就被英国文学教授理查兹(I. A. Richards)看重,并在其保护伞下写诗、办刊物,火辣辣地放任他的文学才华。后来,也是由于理查兹教授的引荐,燕卜荪在抗战时期来到中国,在西南联大教授英国文学,他的学生中有王佐良、李赋宁,还有诗人穆旦。据说艾略特、奥登这些现代诗人得以进入中国大学的课堂,也是燕卜荪的功劳。

我粗粗算了一下,这三个年轻人——纳博科夫,燕卜荪，徐志摩——在剑桥大学的时间，前后有重合，相隔也不出三四年。在这几年里，英国现代主义诗歌的实验，正如布卢姆斯伯里成员的裸泳，已经在剑桥内外如火如荼地展开了。剑桥的右翼保守派学生不时地和布卢姆斯伯里团体发生冲突，打砸抢这一类的事也时有发生……

徐志摩的诗歌生涯也始于剑桥大学，但奇怪的是，他的缪斯好像来自另一个地方，一个完全不同的情感王国。有人说，徐志摩是浪漫主义诗人，可是我以为最好且不忙将其归入浪漫主义文学传统——徐志摩的很多想法也许浪漫，但他的诗歌是不是浪漫主义诗歌，还有待于批评家进一步评判。不过，问题不在这里，问题在于，他和纳博科夫都是外国留学生，又差不多同一时间在剑桥，为什么这两个人眼里的剑桥大学，会出现如此大的反差？这里反映出的是诗人性格上的差异，还是生活遭际的不同，抑或不同的文化背景使然？

对此我琢磨很久，检索了不少有关徐志摩去英国留学的材料，其中有一个发现，为我提供了一把钥匙：那时期的中国留学生——尤其是没有正式注册的短期留学生——很难有机会接触到英国学生和英国社会，我甚至怀疑，徐志摩与布卢姆斯伯里团体究竟有没有真正的接触？真实的情况是，徐志摩并不住在剑桥，他租的房子在郊外一个叫做沙士顿的地方，这地方距剑桥足足有六英里之远，而且他每次去一趟剑桥都不太容易。我觉得，徐志摩吟诗赏月、自娱自乐的方式，可能是因为他没有机会融入剑桥那个特殊的小社会，或许还有别的什么原因。但无论如何，与剑桥人的生活隔绝是最直接的原因。毕竟，旅游和流亡，两者之间存在着天壤之别，徐志摩从来没有像纳博科夫那样，参与那些充满硝烟的辩论，被卷入大学生中间无处不在的思想冲突之中，这既是他的不幸，也是他懵懵懂懂的福分。

如果稍加留心，我们还会发现，在徐志摩访问剑桥的时候，诗人艾略特（T. S. Eliot）的名字已开始在剑桥文人中间传来传去，虽然《剑桥评论》（Cambridge Review）的主编当时很不以为然，但该刊1922年登载一条消息说：文坛上出现了一个新刊物，发表的是艾略特先生写的那种似诗非诗的东西。我敢肯定，这里所说的新刊物就是艾略特主编的季刊《标准》（The Criterion），他的名作《废墟》（The Waste Land）——中文通常译为《荒原》。不幸的是，这一类的误译造成了国内对现代主义诗歌的长期误解——就是在这一年公布于众，发表在《标准》的第一期。

艾略特的《废墟》无疑就是《剑桥评论》里批评的那种"似诗非诗的东西"，徐志摩虽然人在剑桥，但似乎对此并无耳闻,不过,即便他当时听说了艾略特的名字,或者读过《废墟》这首诗,也未必就能理解和欣赏一个尚未被英国主流文坛承认的诗人。我的判断并不是空穴来风,因为小说家弗吉尼娅·伍尔夫(Virginia Woolf)出名之前,徐志摩对她和她的画家姐姐颇有微词,似乎很瞧不起,反而极力向国人推荐凯瑟琳·曼斯菲尔德(Katherine Mansfield)。事隔几年后,当伍尔夫在英国一跃成为大红大紫的现代主义小说家的时候,徐志摩马上修正自己的看法,乘再次造访英国之际,想方设法要采访伍尔夫。

文坛上的这一类人物行状,一般都逃不过鲁迅的犀利目光。鲁迅原本就不喜欢新诗,自然更不喜欢徐志摩的诗文所代表的轻浮趣味。1924年,鲁迅与同仁创办《语丝》,徐志摩得知消息以后,马上积极去投稿,可是,他万万想不到,鲁迅为了遏制他的投稿热情,竟在一篇杂文里写了一首戏仿徐志摩的新诗,诗曰:"咦,玲珑零星邦滂砰珉的小雀儿呵,你总依然是不管甚么地方都飞到,而且照例来唧唧啾啾地叫,轻飘飘地跳么?"如此一个轻飘飘的"咦"果然奏效,从此以后就不见徐志摩投稿了。

既然艾略特在二十世纪的二十年代默默无闻,那么英国诗坛当时的领军人物是谁呢?

说起来，吓人一跳，因为很少还有人记得他们的名字。一位是纳博科夫在大学时代翻译过的诗人布鲁克，另一位就是纳博科夫在三一学院的餐厅里，傍晚碰到的拉丁文教授郝斯曼。在当时，这两位英国诗人都有大批的"粉丝"追捧，尽管对今天的读者来讲，他们的名字不但陌生，而且作品也差不多被文学史家所遗忘。令人感慨的是，在二十世纪二十年代，英国有谁不知道布鲁克和郝斯曼的大名呢？据说，布鲁克的诗歌和他本人的美貌，曾让英国人——无论是女人还是男人——都为之倾倒。爱尔兰诗人叶芝（W. B. Yeats）曾盛赞说，布鲁克是英格兰最英俊的小伙子。布卢姆斯伯里团体的现代主义作家伍尔夫，在言谈中竟也忍不住夸耀，她曾经在月光下与布鲁克在剑桥水中一齐裸泳……

其实，剑桥最著名的裸泳人士，不是那些在月光下幽会的诗人和作家，而是大白天也可能出现在康河水中的年轻科学家李约瑟（Joseph Needham）。如果世上有谁没听说过李约瑟的名字，那起码对他的那部多卷本的《中华科学文明史》——另译《中国科学技术史》——有所耳闻，因为这部巨著一直都在改变着世界文明史的书写。不过，李约瑟从1918年到1921年在剑桥大学基兹学院就读本科的时候，他所学的专业不是历史学，而是生物化学。对于一个天才来说，循规蹈矩不是他的本分，李约瑟三十岁出头被选为皇家学会的院士，成为世界顶尖的科学家，后来由于各种偶然和阴差阳错——中间牵涉到一个伟大的爱情——他继而转向科学史，竟摇身一变，成了一名自学成才的历史学家。

10

这样的人生转折发生在很多人身上，只是时间各异罢了，有的人早一些，有的人晚一些，其中有种种诱因，都难以说清，通常是越解释越说不清楚。比如我正在写的这篇文字，说是散文，不很像散文，说是随笔，不很像随笔，说是小说，又不像小说，更不是人物传记或学术论文，尽管里面有真实的研究，而几乎所有的细节都能落在实处。但写这样一篇四不像的东西，何以早不写，晚不写，偏偏写在此时？这也是许多偶然促成的。生活中存在着大量的谜，往往都是我们无法解开的那种谜。拿纳博科夫来说，当年他在剑桥大学读书的时候，假如没有轻易地放弃生物学而转向文学的话，那么他日后能成为《洛丽塔》的作者吗？

纳博科夫从小就着迷蝴蝶标本的采集，到了中学阶段，他的蝴蝶知识几乎达到了专家水平。1919年刚踏进剑桥大学的时候,他首先想到了生物学,打算将来当一名科学家。为此,他开始修了一门动物学的实验课,这门课要求学生实习动物解剖,实验室提供了大量的鱼,供学生解剖使用。纳博科夫自然也必须拿起解剖刀,在实验室的台子上解剖鱼。一个月过去了,他仍旧在实验室的台子上解剖鱼,两个月过去了,他的鼻子开始作怪,无论走到校园的哪一个角落,都能嗅到鱼腥味。等到学期结束的时候,纳博科夫脱下实验室的工作服,突然宣布说,从此不做生物学,改修文学。毕业前夕,纳博科夫主修了法国文学和俄国文学,严格地讲,这其实就是比较文学,只是当时还没有现在的比较文学的学科。

传记作者薄亦德(Brian Boyd)对纳博科夫在实验室的生活,做过一些具体的描述,但我认为,他的叙事明显有漏洞。令人难以置信的是,剑桥大学动物学的实验室里,为什么除了鱼,没有其他动物供学生解剖呢?比如老鼠、兔子,或者青蛙。我猜想,假如纳博科夫没记错的话,那么,他大概是把解剖鱼的事情夸大了。夸张,毕竟是作家惯用的手法。

我忍不住又想,纳博科夫在动物学的实验室解剖鱼的时候,李约瑟已经是剑桥二年级的学生,他们相互认识不认识呢?我的猜测是,他们彼此应该不陌生,但我的困难是找不到直接的证据。至于他们两人是否在同一门课上见过面,打过招呼?就更加无法得知了。

有一点可以肯定,李约瑟是不怕解剖鱼的,不仅如此,他在剑桥的实验室里如鱼得水,很顺利就攻下了生物学的学位,然后直接被研究生院录取,继续深造,成为剑桥的硕士生,继而还当了博士生。就在纳博科夫决定转修文学的一年以后,科学家李约瑟也做出一个新的决定:他参加了刚刚成立的英国裸体协会。要说前者的决定有点水到渠成的意思,后者就显得多少有些离奇了。这两件事之间到底有没有联系?必须承认,应该没有什么必然联系,只是时间和地点上的交叉罢了。

世界上每天都发生很多事情,如果说它们之间有什么联系的话,通常也都是时间和地点上的交叉和巧合,或者还有佛家所讲的因缘。遗憾的是,历史学家经常乘人不备,把他们想象出来的因果关系和历史逻辑,强行塞进这些复杂的巧合里面,然后利用叙事的手法说服读者。

11

剑桥大学这种地方,在有些方面很像我曾经居住过的美国加州的伯克利小城,怪才名士居多,所以从来都见怪不怪。李约瑟传记的作者文思森（Simon Winchester）说，在二十世纪二十年代的剑桥城，裸体行为和各种怪人怪举，都能得到人们的谅解和容忍。只要公开裸体不伤害他人，不吓跑街上的马匹，不造成交通事故，一般很少有人过问，更不会大惊小怪。徐志摩笔下的那条已然具有"灵性"和"秀丽"的康河，就是李约瑟和裸体协会的成员经常现身的场合。这些自然之子，往往不分时间场合，突然赤裸裸地从康河的水面浮出。

如果碰巧有淑女们划船经过，她们就赶紧掩面，不敢斜视，像鸵鸟一样把头藏在阳伞下面，用眼睛拼命地盯着荡漾的水波，期待着这场突袭运动尽快结束。直到河水彻底恢复了它先前的体面之后，淑女们才敢把头抬起来。

这一段有趣的细节，是文思森在翻阅达尔文的孙女拉佛拉特的童年记忆时，为我们发掘出来的。

> 英国裸体协会于1922年成立，在剑桥吸引了一批前卫人士，他们中既有布卢姆斯伯里团体的成员，也有行为古怪的科学家。这个组织的规定是：入会人员必须使用化名。会员在进行裸体运动时，浑身上下都不得有任何穿戴，必须做到一丝不挂，唯独允许头上系一条彩带，或脚上穿一双凉鞋。他们喊的口号是，恢复古希腊人的天体。

笃信这种理念的人并不孤立,至少魏晋时期刘伶以天地为宅舍,以屋室为衣裤的放浪,就可与剑桥的裸行媲美,只是那个时代的中国文人,或许态度更加坦然。不过,魏晋文人的狂放,剑桥学子的荡行,都毕竟是历史,现实中的生活往往是另一码事——二十世纪初的英国社会对待怪杰们的态度,要远比一百年后的美国社会开放和宽容,这听起来有点奇怪,然而是事实。

我想起一个外号叫做"光身汉"(Naked Guy)的人。我开始把这个外号译成"裸体人",后来觉得不准确,因为与"裸体"相对应的英文词是 nude。"光身"和"裸体"的词义区别很大,这个区别就在一丝不挂的 naked 和带有艺术遮羞布的 nude 之间,不然我们就无法解释后来发生的事。

我说的这个"光身汉",一度是美国伯克利加州大学的学生,大凡上世纪九十年代初在伯克利城生活过的人,都不会没有在街上碰到这位"光身汉",即使没有碰到,也听别人说过,因为此人太出众了。

有一天,我下班回家,走在伯克利电报大道的人行道上,忽听身边有人低呼一声 Here comes the Naked Guy("光身汉"来了)。我一扭头,只见一辆自行车飞奔过来,车轮紧贴人行道的边缘呼啸而过,骑车人果然浑身一丝不挂,皮肤在明亮的加州阳光下闪闪发光。这人高个长腿，英气勃发，背上跨着一只双肩包，足下蹬着一双凉鞋。"光身汉"的光身行为，一度轰动伯克利全城，在大多数师生和市民心中，这个人形象很酷，大家不觉得他的行为有伤风俗。

直到后来，我才知道他的本名叫做马蒂尼兹，他当时是伯克利的在校学生。记者问，为什么要当众裸体？他回答：我不认同中产阶级的价值观，他们花大笔的钱买衣服穿，无非是招摇过市，炫耀自己的身份等级；湾区这里天气温和，人不穿衣服，可以活得更逍遥自在一点。后来听说"光身汉"被多次告上法庭，被控患了精神病，接着他失业，被关进监狱，直到2006年5月的某一天，他在被关押的加州硅谷的一家监狱自杀。那时，我早已离开伯克利，听到他被迫害致死的消息以后，心里很难过。

马蒂尼兹仅活了三十三岁。

12

我动身前往英国剑桥的前一个月，曾给剑桥大学图书馆的英国海外圣经公会档案部的负责人去过一封信。信中描述了我的研究计划，希望在资料方面得到档案部的协助，没等到对方回信，我就出发了。先飞往伦敦，然后从伦敦的国王十字路车站上火车，一小时后，火车抵达剑桥城。趁天黑之前，我搭乘一辆出租车，找到剑桥大学圣约翰学院的招待所下榻。

夏日的英伦岛，天气变化无常，当冷空气袭来时，猝然降温，叫人措手不及。我来的时候只带了几件单薄的夏装，根本没有御寒的准备。到了这里才发现，英伦岛的夏天很像旧金山的天气，毫无夏日的气息，天黑之后，更是凉如秋夜。我把行李安置好后，打听到附近有一家意大利餐馆，马上动身前往。

刚下过一场雨，冷气袭面而来，我打着寒噤，加快脚步，边走边想着一句著名的格言：最寒冷的冬天就是旧金山的夏天。这句话是谁说的？马克·吐温？不过，据说好事者在马克·吐温的书中翻过，找不到这句格言的出处。反正无所谓，我的切身体验是，最寒冷的冬天是英伦岛的夏天。

穿过几条街，拐过一个十字路口，疾走几步，我就找到那家意大利餐馆。进去叫了一盘热腾腾的用菠菜汁做的通心粉，一口气吃下去，这才觉得自己身上的血液在冰凉的四肢里重新循环起来。晚上回到招待所，有人提醒我说，在图书馆办手续，需要排队，最好早起。

第二天早晨，天气放晴，我的心情顿时明朗起来，早早跑到图书馆大楼,发现门前已有十几个人在那里排队。九点钟,图书馆准时开馆,我在门口等了二十分钟以后,进入一间接待室,于是,填表格,交手续费,领到一张阅读证。我庆幸地想,这里的手续虽然比美国大学图书馆要烦琐一些,但我好歹把阅读证拿到了手。

13

英国海外圣经公会档案部的位置在图书馆大楼的南翼,我从接待室走出来,穿过大堂,拐进南侧的走廊,很快找到上面写着"英国海外圣经公会档案"几个字的大门。我轻轻推开门,小心探头进去,环顾四周,发现屋里的空间很大,结实厚重的书架靠墙站立,上面摆满了书和活页夹,书架很高,一直通向天花板。大厅中央摆放几排古雅的书桌,枣红色的桌面擦得十分明净,档案馆里面空无一人,安静得像一个修道院。

正在诧异之中,听到一个空洞的声音从右边传来:你需要什么服务?顺着声音看去,我见到一个瘦高个男人从右侧小门旁边的阴影中现身,面无表情地朝玻璃门这边走来。待他来到我跟前的时候,这人显得更瘦更高,活像一根长了腿的电线杆矗立在面前。

证件？他居高临下地问。这个英国人年龄在六十岁左右，面色阴暗，皮肤粗糙，脸上的皱纹让人想起橡树皮，与他那挺拔的身材极不协调。高个子左手扶在木门框的边缘，右手握住玻璃门的门把，完全挡住了我的视线。

我本能地朝后退了一步，从包里翻出我的阅读证和护照，一并递给他，高个子拿着证件翻了几下，又问：

有回执吗？

什么回执？

档案馆寄给你的预约日期。

我没收到这个东西。

对不起，没有事先做预约，就不能进档案馆。他不苟言笑地说，然后转过身，预备把我关在门外。

等等，先生，我是专程从美国来看这个档案的，长途旅行不容易，我来之前是给你们写过信的。你现在不让我进，叫我怎么办？

没有事先预约，就不能进，这是规定。高个子丝毫没有让步的意思。

我明白，但我的确给你们写过一封信。

你有回执吗？

没有。

那就对不起。

高个子从容不迫地把两扇门关好,转过身去,他的身影消逝在修道院深处的阴影中。我站着愣了一会儿,恍惚之中,觉得自己刚才在和一个幽灵对话,无奈话不投机,幽灵弃我而去。

怀着沮丧的心情,我走出图书馆的大门,坐在门口的石头台阶上。这时,阳光直射台阶,白晃晃十分刺眼,我闭上眼睛,努力使自己镇定下来。刚才发生的那一幕,完全出乎我的预料,一下子搅乱了我的研究计划。在过去,我以为这种倒霉的事情,只能在北京的档案馆发生,让人一筹莫展。

远处飘来一阵悠扬的钟声,抬眼望去,一个教堂的尖顶在雨后的阳光下熠熠发光。不远处,有只黑鹰正稳健地在高空盘旋,它忽然一个猛子扎下来,原地旋转三四圈之后,再次腾空而起,最后逐渐消逝在西边的天际。我低头看表,忽然记起,圣约翰学院 M 教授与我有约,傍晚他要请我参加教员的高桌晚餐,事前还特地交待说,客人衣着可随意,没有特别规定。听了这句交待,我不由得大大松了一口气。

下午走在商业街上,经过一家时装店时,我犹豫了片刻,最后给自己买了一条新款的雪纺黑色无袖连衣裙,心里想,来到这个礼仪繁琐的地方,还是有备无患的好。

14

傍晚四点，我准时来到圣约翰学院大门口，发现 M 教授早已等在那里。这是我第一次与 M 教授见面，他看上去五十岁出头的样子，态度亲和，眼睛里闪着机智的光。我很惊讶，这位教授一点不像个书生，却像整天在户外活动的园丁，因为他的面部、脖子和两只手上面都打着阳光烙下的深色印迹。几句寒暄过后，M 教授步伐敏捷地将我引入圣约翰学院的大门，我们穿过两进的院子，来到一座楼房门前，拾阶而上。M 教授拉开一扇厚重的木门，很礼貌地请我走进去。

这是一间不大的教员起居室，墙壁上挂着几幅老旧的肖像画，肃穆庄重。细看时，画面上的油彩有点褪色，估计是几百年前的老画像。油画下方靠门的地方，安置着一个安妮王后式样的圆桌，桌上摆满各式酒水和玻璃酒杯，周围有一圈沙发和椅子。我和 M 教授走进去时，几位教员正在壁炉前方轻声交谈，他们身披黑色长袍，给人的初次印象既是学者，又很像中世纪的修士。

每个人都手里端着一杯雪莉酒或波特酒，站在那里低声聊天。这时，M 教授像变戏法似的，不知从哪里找出一件薄薄的黑长袍，也像其他人那样披在肩上。他走过来，问我想喝一点什么，我说只要一杯带气的矿泉水。M教授将水杯递给我，轻声说道：现在是正餐前的雪莉酒聚会，等这个仪式过后，我们就到隔壁餐厅吃饭。

饭前的雪莉酒仪式好像进行了很久，大家站在一起没完没了地说话，不断地转换话题，给我的感觉是没话找话。我一边和刚认识的几位教授寒暄着，一边用心地打量着四周，这时教员起居室陆续地走进十几位圣约翰学院的教授和讲师，他们都是清一色的男性，除了一位和我同样的临时访客以外，其余的人都身披黑色的长袍。我突然意识到，自己来到这一群修士打扮的学者中间多少有点古怪，一下子切身体会到纳博科夫初抵剑桥时的感觉，好像自己也走进一幕戴假面的荒诞剧。我万分小心地拿着手中的杯子，生恐也像纳博科夫一样，初次见面就惹出不必要的麻烦。在男人们安排的这种井然有序的场合下，女性难免觉得自己是一个stranger。英语的stranger至少有两层意思，一是"陌生人"，二是"外国人"，我呢，则两者兼有之。

晚餐的铃声终于响起，与此同时，起居室通往餐厅的门忽然打开。身穿黑色长袍的教授和讲师们缓缓放下雪莉酒杯，形成一字队列，鱼贯而入。在高桌前，我找到了印着自己姓名的卡片，在事先规定好的座位上坐下来，对面坐的是圣约翰学院的资深院士，他自我介绍是语言学家。

15

高桌,是餐厅专供教员使用的长条桌,它通常横摆在餐厅的主上方,那里的位置比学生餐桌的地面高出一两个台阶,师生虽然在同一个餐厅进餐,但师生的等级是由高桌来维持,因此,顾名思义,叫做 the High Table。从那里,教员们可以俯视或监督低桌的学生,学生们也有机会观察高桌上发生的事情,同时交头接耳,传播一些关于教授私生活的闲话和趣闻。不过,我在圣约翰学院做客的那天晚上,学生都已放假回家,餐厅比以往都安静。

剑桥高桌用餐的传统,和牛津、德莱姆这些英国最古老的大学一样,在维持了几百年以后,至今依然如故。英国绅士对传统文化的爱恋,只要看看这些顽强保存下来的礼仪,就一目了然。我想,这不仅仅对我,恐怕对任何一个现代中国人——无论在视觉上,还是在思想上——都可能产生强烈的冲击。

我迅速向四周扫了几眼,觉得这里不太像餐厅,倒更像一个古朴的罗曼式教堂。高桌上方的天花板是由带弧度的木制拱顶装饰起来的,周围嵌有玻璃彩窗,墙壁上镶了近三米高的老橡木雕花墙板,上面挂着圣约翰学院历代的著名院士的肖像。所有这些都是活着的传统：如果高桌是天主教神坛的某种变异，那么低桌就代表前来祈福的芸芸众生。这一点也不奇怪，因为古老的英国大学原本就是教会的精神堡垒。亨利八世以后，大学更成为英国国教的学术重地，其时的学术，主要是基督教神学。在中世纪，基督教神学的研究和传授是大学的本义，身穿黑色长袍的教授是神学家，他们差不多是那个时代唯一的识字群体。我不由得向四周的墙壁望去，可是餐厅的光线相当昏暗，看不清墙壁上挂着的那几幅肖像画里的人物，这些人是神学家，还是科学家？

高桌两边的讲话声戛然停止，餐厅变得鸦雀无声，纳闷之际，我听到高桌上方传来低沉的声音，拉丁文的祷告开始了。不知为什么，每次参加这种宗教仪式的场合，听到饭前祷告时，我就变得精神紧张，手足无措，好像犯了什么过失，因此盼望这个声音快点结束，直到众人一齐重复 Amen 时，我才暗自松了一口气。

祷告结束，穿黑色制服的侍者们开始走动，他们熟练地将色拉盘子摆在每个人面前，替客人斟酒，高桌上的气氛顿时活跃起来。

我对面坐的语言学家，他会说世界上二十多种语言，不过中文除外。晚餐期间，他特别喜欢和我讨论中文和汉字。比如，英国 Cambridge 这个名字译成中文怎么讲？我说这个翻译很奇怪：前一半 Cam 是音译，后一半 bridge 是意译，从前的音译不确定，有人用"康桥"，有人用"剑桥"。事实上，普通话"康"或"侃"字的音，更接近英语 Cam 的发音，闽南话或广东话就另当别论了。为什么"康桥"的译法未能流传下来？我说不知道，也许是历史的某种偶然性在起作用吧。

语言学教授听得兴趣盎然，他又不停地追问：那么在普通话里把"剑桥大学"改成"康桥大学"或者"侃桥大学"是不是更准确呢？我笑起来，这个建议当然很好，但是，一个约定俗成的东西，今天要想把它纠正过来，恐怕实行不通。

我忽然意识到，这个小小的翻译问题，足以让人体会到语言和文字捆绑人的思维和心智的力量，为什么我们不能接受"康桥大学"或"侃桥大学"的说法？一个词，一组意象，似乎是一张不可摘除的、独一无二的面具，问题是，这张面具和它后面的"真实"，亦实亦虚，亦真亦幻，是什么把它们永久地捆绑在一起？

这一连串模糊的思绪忽然被打断，我听到坐在右边的 M 教授插话说：还记得 Joseph Needham（李约瑟）吧？他抬眼看着语言学教授说。

当然，听说他的中文是自学成才的，非常了不起，语言学教授忍不住赞叹起来。

你猜，他学会的第一个中文词是什么？

不知道，你听他讲过？

"香烟"。对一个初学的人来说，这两个字其实不好写。M 教授用手比划着给语言学教授解释道。M 教授在剑桥大学讲授中国历史，他的中文底子好。

我心中即刻产生了好奇，问道：李约瑟在世的时候，你们都认识他？

他们两人互相看了一下，笑了，M 教授说：天下无人不识君啊。

语言学教授补充道：我们剑桥当年有一大批红色科学家，最著名的两个天才，一个是生化学家李约瑟，另一个你恐怕没有听说过，隔行如隔山嘛，他就是大物理学家贝尔纳（J. D. Bernal），外号叫"智者"。这两个人从上大学开始，就信奉社会主义，到后来，一个支持毛泽东，另一个捍卫斯大林，至死不变，你说奇怪不奇怪。

我更加好奇了，于是追问：贝尔纳是哪一年进剑桥的？

语言学家伸手接过侍者递来的甜点，带着疑问的目光看着 M 教授：记不清了，是不是和李约瑟同年？

M 教授端起他的酒杯，想了一下说：我记得是一战结束后的第二年吧，1919 年。

我的心咯噔一下，好奇怪，又碰到这个年份。

这是我平生第一次听说剑桥有一批左翼科学家,真意想不到,李约瑟和贝尔纳都是被认可的皇家学会的院士啊。

我忍不住又问:除了这两个人外,剑桥还有哪些人属于左翼科学家?

语言学教授说:你听说过生化学家霍尔丹(J. B. S. Haldane)那个怪人吗?他是其中的一个;还有大数学家哈迪(G. H. Hardy,有人译为"哈代"),生物学家郝格本(Lancelot Hogben),还有数学家莱威(Hyman Levy)。让我想想,哈迪三十年代才到剑桥,他原先是牛津大学的教授,我听说,他的宿舍里老是挂着列宁的巨幅画像。

这人是一个疯狂的板球迷,在他的眼里,世界上只有两个人够得上伟人布莱德曼——唐纳德·布莱德曼被公认是最伟大的板球手——的档次,一个人是列宁,另一个就是爱因斯坦……

M教授好像忽然记起一件事,他把手中的甜点勺轻轻搁在盘子上,扭头对我说:上星期《卫报》披露了一条特大丑闻,《纽约时报》也转载了这个消息,你回去看看。那里面公布了乔治·奥威尔1949年向英国情报部门递交的绝密黑名单,他的笔记本上列有一百三十五个名字,比我们先前知道的多了一百个人。

你是说《动物庄园》和《一九八四》的作者乔

治·奥威尔（George Orwell）吗？

正是这个家伙。从 M 教授说话的语气听得出，他对奥威尔很不以为然。

什么黑名单？谁的名字在上面？……我听了愕然，不知他指的是什么。

谁的名字？M 教授说，都是当时的地下共产党和地上的共产党，还有他们的同路人，比如像卓别林、萧伯纳、斯坦贝克；你信不信，就连纽约市长拉瓜迪亚也榜上有名，其实这人 1947 年就死了，和共产党有什么干系呢？黑名单上还有一连串剑桥人的名字，贝尔纳、布莱克特、普利斯特利，都统统列在上面。奥威尔这家伙是真够阴险的。

听到这里，我忽然产生了钻研的兴趣：奥威尔是一名作家，他为什么要向谍报部门递交黑名单？文学和政治之间到底有些什么瓜葛？我回家要把这个名单找来，仔细了解一下。

16

1919 年—列宁—剑桥的科学家—奥威尔的告密名单。这些闲谈中的掌故触动了我，我脑子里马上想到那个烟斗不离手的社会主义信徒奈斯毕特。说不定，这是一条值得追究下去的线索；说不定，困扰我多年的那个疑团就会迎刃而解。奈斯毕特是纳博科夫使用的一个巧妙的面具，套在谁的身上都有可能，问题是，隐藏在这个面具背后的是不是一个有名有姓、活生生的人？他究竟是谁？李约瑟、贝尔纳、霍尔丹、哈迪、郝格本、莱威、布莱克特、普利斯特利，我把这几个名字迅速地在脑子里过了一遍，马上断定，数学家哈迪暂时可以排除，因为他来到剑桥的年代太晚，时间对不上。

谁是奈斯毕特？

晚上回到住所房间的时候，我毫无睡意，躺在床上，手里握着电视机的遥控器，一边变换着频道，一边心里琢磨这件事。上午碰到的那些挫折和不快，全都不翼而飞，我迫不及待地需要查找一些资料，以证实我的初步猜想。

但是，从哪里开始？

17

从英国飞回纽约家中，我想到做的第一件事，就是重新翻开纳博科夫的自传，在字里行间爬梳寻觅，仔细分析他对奈斯毕特的描写，同时又找来薄亦德写的传记《弗拉基米尔·纳博科夫》，互相对照，逐条核对。这样做了几天以后，想不到心中生出许多新的疑点，越来越觉得纳博科夫的描写中存在着一些明显的漏洞。比如说，关于奈斯毕特的长相，纳博科夫一笔带过，说他长得像年轻的高尔基，却没有提供细节，显得空洞。唯一重要而又可信的细节就是那只烟斗。至于奈斯毕特长得像高尔基的那个说法，我认为，其戏谑成分高于写实，不足为信。何况，纳博科夫后来还回忆，过了十几年后，他再次来到剑桥见到奈斯毕特的时候，这位剑桥同学的样子发生了很大的变化，"他的长相不再像高尔基或者高尔基的译者，而变得更像易卜生"。我费力地在脑子里想象这样一个英国人：年轻的时候，长得像俄国人高尔基，中年以后，变得像挪威人易卜生？简直不可思议。像这样离奇的描述只能是作家率意而为，不可认真对待。

　　纳博科夫写小说，就像下棋，布棋阵。他本人对国际象棋的研究也很深入，常常把象棋的布局手段，应用到小说的写作里，包括他自己的自传写作。设若作者是白方，而读者是黑方，那么白方乘人不备，实以虚之，虚以实之，走出一步高棋的时候，黑方很难不落入套中。我第一次读《塞·纳特的人生真相》的时候，就差一点钻进他的圈套。后来才恍然大悟，主人公纳特的姓 Knight 与象棋的棋子Knight重合，中文通常译为"马"，也就是说，这部小说的中文书名若改为《马塞的人生真相》，是不会错的。

纳博科夫从小迷恋象棋，年轻的时候写过一部关于象棋手的小说，叫《防守》，这部俄文小说比茨威格的《象棋的故事》早了十几年，小说发表的时候，纳博科夫使用的是俄文笔名：V.斯林。我对《塞·纳特的人生真相》的这种阅读不是过度诠释，不然的话，我们如何解释以下的意外巧合？纳特的前女友姓Bishop，这个名字与国际象棋的另一个棋子Bishop碰巧重合，翻译过来就是"象"。也就是说，纳特姓"马"，女友姓"象"，这已经棋味十足了。如果你有耐心再仔细往下读，还会发现，不单是"马"和"象"走进了纳博科夫的小说，其他棋子，如King（王）、Queen（后）、Rook（车）和Pawn（兵）也都在里面扮演各自的角色。为此，像我这个国际象棋方面的棋盲，在阅读的时候，不得不倍加小心，以免不觉变成作家的黑方，而不是客观的看客；不过，我很明白，无论下象棋还是玩骨牌，站在一边的看客有时也会情不自禁，一不小心就栽进去。

> 我们分坐两端　各执一副
> 象牙骨牌
> 须臾　它从粼粼青光的手上

扔出一张"绝望"

我回应一张"日月悠长"[1]

18

直觉告诉我,奈斯毕特这个名字后面另有名堂。

很快就有了新的证据:在纳博科夫的自传里,我找到唯一的一处他对奈斯毕特这个化名的详细解释,他写道:"有个名叫 R. Nesbit Bain 的人,他翻译过马克西姆·高尔基——一个平庸乡下人,也是我们这个时代的产物——早年的一篇小说《同路人》,但 Nesbit 这个名字的妙处在于,它的几个字母既可正读,又可反读,乐趣无穷,反过来的读法就是 Ibsen(易卜生)。"纳博科夫的意思很清楚,也就是说,假如我们把易卜生的五个字母 I-b-s-e-n 写在透明的玻璃窗上,然后跑到反面去看,我们就会得到一个不完整的奈斯毕特 n-e-s-b-i,只缺少一个字母 t。六减一,这似乎是一个十足的文字游戏。它再次引起我的怀疑,奈斯毕特说不定是作者杜撰的,此人很可能子虚乌有。然而,即便如此,我们还是能从中捕捉到有用的信息。

---

[1] 翟永明诗《小酒馆的现场主题》,摘自《十四首素歌》。

首先，纳博科夫公开表示他对高尔基和易卜生的不满，还借机奚落他们，故意把高尔基的一部小说的英文译者 R. Nisbet Bain 的名字写错，把 i 和 e 这两个字母进行颠倒置换。他还借描绘奈斯毕特的长相的机会，杜撰出一个从高尔基到易卜生的变形记。不过，如果奈斯毕特仅仅是高尔基和易卜生的化身或象征，那么我们的解读就相对容易一些，比如说，呆板的批评家可以论证，由于纳博科夫坚持现代主义立场，他对社会现实主义作家或者一切关注社会道德的写作都嗤之以鼻。但问题在于，奈斯毕特仅仅是某种文学立场的空洞符号吗？事实上，纳博科夫在剑桥上学的时候，他的确与少数英国同学有过密切交往，正是奈斯毕特——可能就是他们中的一员——帮助他进入了剑桥大学的生活，让他了解了剑桥本科生那些不成文的规矩。至于两个人经常在一起讨论列宁、俄国和文学，这都是任意的虚构吗？我越捉摸，越觉得有些秘密藏在里面，奈斯毕特的化名后面可能有一个不为人知的故事。

纳博科夫的传记作者是不是对此做过一番调查？

翻开薄亦德写的传记《弗拉基米尔·纳博科夫》，这本权威传记的作者的确做了一个大胆的推测，关于奈斯毕特，他写道：

> 在这个假名下面，似乎藏匿了一个真人——他是一个

在战壕里（第一次世界大战）摸爬滚打过的年轻人，这人还写了无格律的诗，后来成为著名的学者。他长得瘦高，烟斗不离手，是一个社会主义信徒。

接下来，薄亦德提到纳博科夫在剑桥的时候，许多英国学生都想从他那里了解俄国革命，有一个英国同学名叫巴特勒（R. A. Butler）——当我继续往下读的时候，眼前忽地一亮，薄亦德白纸黑字地写道：据纳博科夫后来透露，巴特勒就是藏在奈斯毕特面具下面的那个人，此人极其无趣。

那么，奈斯毕特就是巴特勒吗？

谜底竟然有了？但我很快冷静下来，提醒自己，倘若纳博科夫真的说过这句话，我们怎么能断定这次不是东驰西击的象棋招数？我努力想翻出薄亦德引文的出处，但找来找去，一无所获，我大失所望。而就在这个关键的细节上，纳博科夫的传记作者没有在书中提供任何注释。由于传记作者的疏忽，我不得不退一步，权且接受纳博科夫曾"透露"过那么一句话的事实。

19

虽然不得不接受传记作者的转述，相信纳博科夫的确说过那句话，但这并不妨碍我深究薄亦德书里的漏洞。我敢说，薄亦德没有研究过这位巴特勒先生，如果他真的研究过，那么他就不会轻信一个小说家"透露"的谜底。其实，我们也应该替纳博科夫着想，既然奈斯毕特是他精心设计的一个化名，凭什么他会轻易把这个包袱后面的全部秘密都抖搂出来，好让一个记者或者传记作家能够看个明白？小说家搞瞒天过海、声东击西、张冠李戴，是常有的事，这也是他们的特权。

认真追究起来，巴特勒先生可不是一个等闲之辈。他在英国政界混迹多年，官运亨通，六十年代当过英联邦的副首相，是英国保守派托利党的中坚。此人全名叫 Richard Austen Butler，联邦人民对这个保守党政客的昵称 Rab Butler 则更熟悉一些。纳博科夫在剑桥的时候，巴特勒是剑桥大学彭布罗克学院的高材生，他在学生组织和辩论会中异常活跃，一度被推选为剑桥学生联合会的会长。我猜测，纳博科夫与巴特勒认识，甚至很熟悉，因为上世纪二十年代初，巴特勒曾经主修法国文学和德国文学，后来转向历史和国际关系。纳博科夫则在放弃生物学之后，把法国文学当作他的主修专业之一，这两个人在同一学科领域有过课程上和兴趣上的交叉。纳博科夫在自传里说，这位英国同学是搞文的，其实，巴特勒很快就转入政界了。他对政治的热情，与纳博科夫对这一类事情的冷淡，形成了鲜明的对比,这似乎也符合我们目前对奈斯毕特的印象。

这能不能证明巴特勒就是奈斯毕特?

对此我深表怀疑,因为我仔细研究过薄亦德写的传记和纳博科夫的自传,同时又参照巴特勒这个人的生平,我发现了几个不能自圆其说的疑点。

疑点之一:薄亦德称,奈斯毕特参加过第一次世界大战,曾在战壕里摸爬滚打。我认为,这一条首先不符合巴特勒的经历。巴特勒1902年出生,童年时骑马摔伤,造成一只手臂萎缩,留下终生残疾,因此不能拿枪作战,他从未入伍上战场。

疑点之二:薄亦德称,奈斯毕特后来成为一名"著名学者"。这一条也完全不符合巴特勒的经历,因为他自二十六岁起当上英国议会保守党议员开始,政治生涯一路飙升,从英国劳工部部长、财政大臣、首席国务大臣、外交及联邦事务大臣,一直做到英国副首相。由于他的政治影响力,巴特勒后来被任命为几个大学的校长,但当官和当学者是两码事。

疑点之三:巴特勒从大学时代起就热衷于保守政治,这一点很难与奈斯毕特的列宁主义形象相吻合。

疑点之四:1939年2月,纳博科夫离开剑桥大学十七年以后,也是他移民美国的前一年,曾再次造访母校,试图在这里谋个教职。他在《说吧,记忆》(*Speak*,

Memory）那部自传里，记载了自己在故地与故友奈斯毕特重逢的情景。那天中午，两人来到剑桥的一家小馆子叙旧，这时纳博科夫才发现，奈斯毕特的思想转变很大，他已经从年轻时的列宁主义走向反斯大林，他的长相也从酷似高尔基，变成酷似易卜生了（我说过，这个变形记几乎不可思议）。假如按照薄亦德的说法，奈斯毕特果真是巴特勒的话，那么我们首先必须假设，1939年2月纳博科夫重访剑桥的时候，巴特勒同一个时间也在剑桥大学，但恰恰这个时间和地点都值得推敲。

我的理由是，巴特勒自从1938年进入张伯伦（Neville Chamberlain）首相的内阁以后，他出任英国国务次长，负责管理外交事务。身居要职的巴特勒，当时住在伦敦，不在剑桥。事实上，他接到政府的任命不久，就把家从伦敦的木街公寓，搬到西敏寺特区史密斯广场3号，在一座豪宅里安顿下来，这个住址我反复做过查证。

再退一万步讲，即使巴特勒为了老交情，专程赶回剑桥与纳博科夫共进午餐，恐怕也不会因为一些琐事而表现得让自己的老同学不高兴，纳博科夫是这样描述那顿午餐的："他显得心不在焉（因为替他管理家务的表亲或未婚的妹妹刚搬到比内诊所，诸如此类的琐事），而不能聚精会神地听我说话，我当时要告诉他，此事关系到我的命运，很迫切。"纳博科夫笔下的奈斯毕特，完全不像一个日理万机的国务次长。

这些疑点很难全都回避。我想，有一点是可以确定的：我们不能低估纳博科夫游戏文字的能力，就算他说过奈斯毕特是巴特勒，未必就是巴特勒，否则读者就太天真，很难不被误导。比如《塞·纳特的人生真相》这部小说的叙述人 V，也是一个十足的面具，在这个面具背后隐藏了什么人？读者不清楚。V 自称是塞·纳特的同父异母兄弟，这单个字母 V 的模棱两可和开放性，就在挑逗读者，让我们不知不觉地将作者纳博科夫自己的名字弗拉基米尔（Vladimir）等同为叙述人，这是一个古老的游戏。纳博科夫碰巧又是玩这类游戏的高手，读者必须读完小说的最后一页，才会恍然大悟，哦，原来那个 V 是……

20

藏在奈斯毕特面具背后的人显然不是巴特勒，那么，这个人是谁呢？

那天晚上在圣约翰学院的饭桌上，我意外地得到一些新的线索，其中剑桥大学的左翼科学家群体这一线索格外重要。奈斯毕特有没有可能就在这几个人当中？我反复推敲几个主要的人物：李约瑟、贝尔纳、霍尔丹、哈迪、郝格本、莱威。

在这些人中，谁有可能是奈斯毕特？

把文字游戏融于小说写作中，似乎是纳博科夫的特殊爱好，比如前面提到的正写 Nesbit 和反写的 Ibsen，把这个名字翻过来，掉过去，就成全了一个奈斯毕特。我极欲了解的是，这个化名的代码有没有其他的拆解方法，比如，N 可能是一个人名的缩写，E 也可能是一个人名的缩写，那么，S 就是另一个人名的缩写，B，I 和 T 以此类推，每个字母都代表一个人名的缩写。这样一来，我们马上就得到两个名字，李约瑟和贝尔纳，因为这两个人的姓氏，分别是字母 N（Needham）和字母 B（Bernal）的缩写。不过，使用纳氏拆字法也有它的坏处，我们不得不将其他四个人排除在外，因为霍尔丹、哈迪、郝格本和莱威的缩写字母，有三个 H 和一个 L。在奈斯毕特的拼写中，这两个字母根本没有出现。

我自小就有拆字癖，所以不奇怪，纳氏拆字法对我产生了强大的吸引力。不过，我还是拿不准，这个办法是不是通向真实的最好途径？俗话说，解铃还须系铃人，既然系铃人已经遁世，那么，系铃方法本身应该是可以效仿的。因此，我试着把 Nesbit 拼写中的两个辅音字母 N 和 B——李约瑟和贝尔纳——先挑出来，尝试一下。如果运气好，说不定藏在奈斯毕特那张面具背后的秘密，就昭然若揭。

21

字母 N 背后的那个人物，李约瑟（Joseph Needham）比纳博科夫早进剑桥几个月，这个时间上的交叉点首先就引起我的关注。我越是深入研究李约瑟，越觉得这个人酷似纳博科夫笔下的奈斯毕特。比如，他参加过第一次世界大战，爱好写诗，发表过关于奥登诗歌的评论，在艾略特主办的文学刊物《标准》和剑桥批评家李维斯（F. R. Leavis）主办的刊物《细究》（Scrutiny）上都发表过文章。我还细细研究了他年轻时期的照片，这也是一个关键细节，李约瑟长得瘦高挺拔，完全符合纳博科夫对奈斯毕特的描述。但遗憾的是，到目前为止，我只找到几张李约瑟抽香烟的照片，一直没有发现他年轻时手握烟斗的照片，这不能不说是资料方面出现的一大缺失。

李约瑟这个人既是科学家，又是一名虔诚的英国国教信徒，不过在他那里，这两个身份似乎并不矛盾。他在剑桥生化实验室里做研究的那几年，加入过一个天主教的良务宣道会，读经修行近两年之久。唯一的问题是，这个宣道会的戒律森严，要求独身，戒女色。为了这个，李约瑟考虑再三，最终还是退出了。此外，这个人的信仰相当离奇，他笃信英国国教，却又是坚定的社会主者，因此，对于李约瑟来说，要想找到同时满足这两个方面精神诉求的教堂，几乎是难上加难。

但有时最不可能的事，却不是不能发生的，世界上的事情往往不可思议。第一次世界大战后的英国，与在此之前的大英帝国相比，经历了一场划时代的巨变，社会上出现了大量的思想冲突和变革的契机，这算是李约瑟的运气。过了两年，他在剑桥附近的教区教堂果然找到一个符合以上两个方面要求的精神支点，每个礼拜天去那里做弥撒，听布道，几十年如一日。除了二战期间在中国重庆支援抗战的那些年，以及战后为联合国教科文组织筹办一个部门，告假剑桥大学近两年，李约瑟几乎毕生没有离开过这所教堂。

李约瑟的教区位于萨克斯特德（Thaxted）小镇，离剑桥城有二十英里的路。大约在 1910 年的时候，萨克斯特德教区任命了一位颇受争议的社会主义牧师在那里主事，此人名叫诺艾尔（Conrad Noel），绰号为"红色牧师"。在英国国教——即脱离罗马教会以后，由英王统治的具有天主教色彩的基督教——的体制里，诺艾尔牧师属于那种持不同政见的神职人员。在他任期三十二年中间，他将其辖管的教区变成了英国基督教社会主义运动的重镇。

或许有人感到奇怪，像这样一位持不同政见者的牧师，诺艾尔何以在等级分明、壁垒森严的英国国教系统里得以安身立命，并发挥重要的影响力？

其实，我自己也一直在寻找这个问题的答案，因为英国国教相当保守，诺艾尔牧师行径如此，应该如何解释？经过一段时间的研究，我发现，英国教区的牧师是由当地的贵族豪绅来任命的，而在当时，萨克斯特德教区的大贵族是另一位传奇人物——著名的华维克伯爵夫人。伯爵夫人出身显赫，天生丽质，差一点嫁给维多利亚女王的小儿子，后来与英国另一个贵族世家联姻。华维克伯爵夫人有一个公开的秘密流传至今，她是英王爱德华七世——维多利亚女王的长子——的情妇。多少有些诡异的是，一战前后，这位美丽的伯爵夫人忽然接受了社会主义思想，开始投身于英国的社会变革。她很早就加入英国社会民主联盟，即英国社会主义党的前身，此人不但倡导女权，在第一次世界大战结束时，她还公开站出来力挺俄国的十月革命。所以，对于这样一个具有贵族背景的进步人士来说，发挥她的影响力，在萨克斯特德教区任命一位社会主义牧师，似乎是合情合理的。

诺艾尔是一位极富个人魅力的牧师，吸引了远近无数的教徒去教堂听他布道。我们翻开他1911年所写的《教会史中的社会主义》，就可以对他的观点略晓一二，由此再进一步想象,年轻的李约瑟去萨克斯特德教堂做礼拜的时候,他的灵魂深处经历了怎样的惊涛骇浪。

萨克斯特德教堂吸引了众多的教徒前来朝拜,有些人从很远的地方跑来,参加诺艾尔牧师每周一次的布道,真可谓慕名而至。礼拜日钟声敲响的时候,教堂里总是座无虚席,人们静候在那里,就是为了聆听诺艾尔牧师的教诲。

身穿黑袍的诺艾尔牧师走上讲坛,手捧《圣经》,目光炯炯地将台下的众男众女扫视一遍,于是开始布道。他先引述了一段《圣经·新约》里的话,然后提高嗓门,大声说:

> 你绝不可以同时一边敬奉上帝,又一边敬奉贪欲……商界那些傻瓜是彻头彻尾的个人利己主义,而我们是彻头彻尾的共产者。卖掉你的不义之财吧,拿它接济穷人,在这个物欲横流的玛门时代完结的时候,你曾帮助过的穷人将欢迎你进入天国。你应得的财产是公有财产,黄金时代的公有财产中就有你的份额。多余出来的私有财产不属于你们,而属于穷人,是你从穷人那里掠夺过来的财富。

诺艾尔牧师的眼睛里滚动着智慧的火花,满头花白的鬓发,随着说话的语气上下飞舞。他接着斩钉截铁地说:

耶稣基督与财阀政治势不两立,基督要求我们重新恢复上帝的福利国度,这个公平的国度不是建筑在一个国族的基础上,它必须建筑在国际的基础上。基督严禁积累私有财产……即使在这个时代,人们都会尝到基督预言的天国的滋味,那就是社会主义的理想。为了这个理想,我们不得不摧毁旧有的纲常礼仪,不得不忍受家庭的分裂,甚至失去过去的友情,但我们获得的将是更加亲密的同志友谊,共同面对迫害,共同把握未来的生命。

诺艾尔牧师的言论固然激进,他在做法上更为极端。有天早晨,人们奔走相告,惊呼道,快去看啊,可不得了!诺艾尔牧师把共产国际的红旗插在萨克斯特德教堂的尖塔上了。与此同时,他不知从哪里弄来一杆爱尔兰共和党——反英国殖民主义的组织——的新芬党旗,也插在尖塔上。这两面新来的旗帜,和教堂原有的圣乔治旗摆在一起,耀武扬威地在教堂的上空飘扬。看到这三面旗帜并排出现在萨克斯特德教堂的尖塔上,有些人开始恐慌,他们威胁并起诉诺艾尔牧师,要求他把共产国际的红旗和新芬党旗撤下来,结果被他一一拒绝。少数崇尚意大利黑衫党的英国右翼青年,也频频出动,开始骚扰萨克斯特德的教区和教民。

22

就在1919那一年的秋天，纳博科夫前来剑桥报到入学。在当时，围绕共产国际的红旗和新芬党旗的冲突正在升级，剑桥的学生组织之间的思想分歧，也时而演变为暴力。哲学家罗素的朋友奥格顿在他主编的《剑桥杂志》中，特别警告学生不要使用暴力对付那些持不同政见者。罗素本人则因为坚持反战，也多次遭到迫害；他虽然享有皇家学会院士的殊荣，但仍然被剑桥大学三一学院解除教职，被关进监狱。在蹲监狱的这六个月中，罗素完成了他的那部《数理哲学导论》。

俄国革命爆发以后，剑桥大学本科生中有关列宁和社会主义的辩论更是频频发生。比如1919年3月7日，剑桥社会主义协会与剑桥独立工党之间举行了一场激烈辩论，在辩论期间，会场上的极右翼分子——学生中的退役军人——强迫三名主张社会主义和反战立场的学生在桌子上罚站，斥责他们是布尔什维克党，然后逼迫他们当场唱英国国歌《天佑吾王》。唱完以后，他们把这三名学生揪到康河旁边，将他们的头粗暴地一遍又一遍地按进水里，是惩罚，也是恐吓。

这被惩罚的三个人当中，有没有那位烟斗不离手的奈斯毕特？在我的想象中，他应该也在其中，可惜缺少材料，我不能确定。前面说到，纳博科夫来到剑桥不久，曾被一个学生组织叫去讲他眼中的俄国革命，由于无法应对剑桥学生的质问，他不得不仓皇逃跑。不过，那仅仅是一个小插曲。更严重的是，1920年，著名的和平主义斗士安吉尔——此人1933年获得诺贝尔和平奖——受邀来剑桥演说时，遭到右翼学生的暴力围攻。要不是警察及时赶到，说不定他的头也会被人按进徐志摩赞美的那条康河之中。

当纳博科夫在生物课实验室的台子上忙着解剖鱼的时候，李约瑟也在四处寻找基督教社会主义的精神归宿。李约瑟就读的是基兹学院，它的一边是圣约翰学院和纳博科夫的三一学院，另一边就是徐志摩访问过的国王学院，我说过，这几个学院的位置在同一条街上。李约瑟有没有参加学生团体的辩论？他是不是被右翼学生列进受惩罚的名单里？可惜我没找到这个方面的记载。至于他参加裸泳团体，大白天里在康河的水中出现，叫淑女们回避不及，那是几年以后的事。根据我所搜集的材料来看，裸泳可能是他当年在公开场合所做的最激进的事情。不过，到后来，李约瑟的左翼立场遭受了一次真正严酷的惩罚——因为在朝鲜战争期间，关于美军是否向中国和朝鲜使用生物武器这个重大事件，李约瑟以国际科学委员会的名义替中国说了话。但那是三十多年以后的事情。

23

我在访问剑桥大学期间，圣约翰学院的 M 教授特别叮嘱我，应该抽时间到李约瑟研究所去看看。记得我离开剑桥的前两天，与李约瑟研究所的所长通了电话，他很热情，告诉我，研究所位于希尔维斯特路 8 号，欢迎我去访问。

第二天上午，我从圣约翰学院路口的圆形罗曼式小教堂出发，漫步康河上的小桥，抄近路穿过几个学院，大约二十五分钟左右，就走到希尔维斯特路 8 号的门前。这是一幢两层楼高的建筑，四面斜坡的屋顶，红砖贴面的外墙，在周遭树荫和草地的簇拥下显得格外宁静。正厅的楼梯似乎一直通向二楼图书馆的尖形木制的屋顶，屋内的墙壁也多为木制，简朴而大方。一楼的落地窗宽大明亮，窗外的花草树木，蓝天白云，都历历眼前。

我转到后院，发现那里有一处环抱绿荫的抄手游廊，欣喜不已。沿着游廊散步小许，发现这个中西合璧的园林，不仅分享了苏州园林的玲珑秀丽，也汇入剑桥古风所有的静谧。昨夜下过一场雨，草地尤显翠绿可爱，树叶和花瓣上挂着无数的水珠，晶莹饱满，大珠小珠，竞相坠地。我不由得猜度，这是不是李约瑟的梦中家园？

绕过庭院，转回前院，正要抬脚跨进研究所的大门时，我不意发现靠近院门的小径旁边有一棵菩提树，菩提树周围的地面上有一座由红砖砌成的半圆形矮台。这砖台初看时很普通，几乎不起眼，难怪刚才走进前门的时候，没有让我注意到。红砖台上镶着三块蓝色的牌子，这些牌子等距离地围绕菩提树排开，上面刻有白字。这些字忽然勾起我的好奇心，我想看个究竟，凑上前去，果然如我所料：

Near this spot rest the ashes of

JOSEPH NEEDHAM

C.H.　F.R.S.　F.B.A.　F.M.C.A.S.　Sc.D.　Hon. Litt. D.

1900-1995

这不是李约瑟的墓碑吗？他的姓名下方的那些缩写，都是他生前所取得的荣誉，比如名誉勋位、皇家学会院士等。刻有李约瑟姓名的蓝牌子在半圆形的红砖台正中央，它的左边有一块类似的牌子，上面写着如下字样：

Near this spot rest the ashes of

DOROTHY MARY MOYLE NEEDHAM
Sc.D.　F.R.S
1896-1987

这是李约瑟的妻子桃乐希·李约瑟，中文名叫李大斐（是她的昵称 Dophi 的汉译）。她也很了不起，不但读了科学博士，生前也是英国皇家学会院士，夫妻双双都被选为皇家学会院士的情况，极为罕见。

我再绕到右边，那边有一块相似的牌子，上面写着：

Near this spot rest the ashes of
GWEI-DJEN LU-NEEDHAM
1904-1991

这必定是他的著名情人和第二任妻子鲁桂珍，而仔细看时

Gwei-Djen Lu-Needham？

这个拼写似曾相识，我盯着它看了好一阵，忽然记起，原来鲁桂珍就是那个 Gwei-Djen Lu！那次在火车上与奈斯毕特先生奇遇，他曾给我拼写过这个名字。临下车的时候，他还说 Gwei-Djen Lu 后来去了剑桥。她不就是鲁桂珍吗？

鲁桂珍与李约瑟和李大斐之间的故事，在学术界流传甚广，但长久以来，我只听说过鲁桂珍这个名字，但从未想到把鲁桂珍和 Gwei-Djen Lu 放在一起，这下全清楚了，原来是同一个人。奈斯毕特先生在火车上还说，五十年代她在联合国教科文组织做事……于是我的脑子里冒出一些新问题：当时李约瑟也在巴黎吗？抗战时期，李约瑟在中国，那鲁桂珍当时在哪里呢？对外人来说，李大斐、鲁桂珍、李约瑟这三个人的亲密友情始终是个谜。

见到了李约瑟研究所的几位工作人员，我试探着从他们口中打听一些关于李约瑟的事。我问：李约瑟本人的骨灰埋在这棵菩提树的下面吗？他们显得犹犹豫豫，含糊地说：这个嘛，不大清楚。我又问：墓碑上说他的骨灰就埋在附近，是在前院吗？他们说：这也说不上……听到这种模棱两可的回答，就不好继续追问了，因为说实在的，这些都不是正经的学术问题。

我后来查了英国作家文思森的《李约瑟传》，在里面也没有找到我需要的答案。读文思森的《李约瑟传》，印象最深的是，李约瑟对中国的热爱，纯粹出自他对一个中国女人的爱情。这个说法不是没道理，但把他的话颠倒过来，恐怕也能成立：李约瑟对鲁桂珍的爱情，与他对中华文明那种特殊感情不可分割。无论怎么说，这里似乎都隐藏着某种深层的尴尬。如果说李约瑟由于痴迷中华文明而爱上了一位女性，这说不定会引起误解，连中国人也未必能接受，而照文思淼的讲法，此人爱屋及乌，似乎更顺理成章。

我的这些猜测不是没有依据的，因为我们经常听中国人自己说：四大发明有什么了不起？中国人不照旧是封建守旧、劣根性不改吗？这种话原先是十九世纪外国人讲的，后来，中国文人也跟着讲。二战以后，外国人忽然改了口，不再提什么支那人的劣根性，转过来喜欢说中国人不懂民主、人权等等，于是就出现了一个滑稽的局面：如今世界上只剩下中国文人骂自己的劣根性。

24

据说李约瑟活得很潇洒，其中的一个表现，就是爱女人——他这辈子爱过很多女人，并且都有他自己的方式，当然，也有他特殊的麻烦。有一次，我和一位从剑桥来访问哥伦比亚大学的历史学家晚饭后聊天，谈到李约瑟与李大斐和鲁桂珍一起生活多年的事，他笑了一下说：那也是不得已的事，退一步想吧，要是李约瑟为了鲁桂珍和李大斐离婚，那他保不定会被剑桥大学解雇。

这种事，不大可能吧？我将信将疑地问。

那要看他的运气。历史学家说，上世纪二十年代，生物化学家霍尔丹和有夫之妇沙勒特·博格斯婚外情的事，在剑桥闹得满城风雨，倒不是因为他们偷情，而是因为博格斯的离婚案，这件事差一点让霍尔丹丢了剑桥的教职，这两人后来结成夫妻。大经济学家莫里斯·多布不是因为自己的离婚案，被彭布罗克学院扫地出门了吗？好在后来三一学院把他留住了，因为他实在是一个重量级的经济学家。

对于我来说，这都是闻所未闻的。

历史学家摇着头说：那时候的道德准则和现在不太一样，比如，乔伊斯（James Joyce）的小说《尤利西斯》当年被列为禁书，你家里要是窝藏这本书，被人告发，警察就会找上门来。你还记得剑桥的著名文学批评家利维斯吧？历史学家眼镜的镜片闪着诡秘的光，他接着说：利维斯不知从哪里弄了一本《尤利西斯》，在课堂上念了一段，就被警察盯上了。那是1925年的一天，利维斯教授被执行校长叫去训话，因为校长办公室收到当地检察官寄来的状子，指控他传播禁书，有伤风化，犯了法。状子里详细列举了那天来听课的学生人数，特别是女学生的人数，证据确凿……

听到这里，我不由吃了一惊。记得我读英国文学的时候,《尤利西斯》因"有伤风化"在美国被告上法庭,成为禁书,这曾是师生一起热议过的话题,但从没听说在英国,乔伊斯的这部现代主义经典——最早是在法国巴黎出版的单行本——原来也成为禁书。历史学家又告诉我,利维斯被校长训话的事传开之后,他有一个叫福布斯的同事,也是教英国文学的,听说利维斯被叫去训话,担心警察来突袭他的书房,思前想后,心中忐忑不安。有一天趁夜深人静,找到一个可靠朋友戴维斯帮忙,两人把书架上所有的禁书都挑出来,在夜幕的保护下,偷偷摸摸运到河边,一股脑扔进康河的绿波之中。

这事听起来太荒唐了,我只知道秦始皇焚书和"文革"毁书,居然它也发生在剑桥!既然有人可以在康河里裸泳,为什么就容不下一本书呢?我大惑不解。历史学家听了我的疑问,耸耸肩道:

天知道,我猜可能天体裸泳对私有制没有威胁吧。

我想了一下,他说的也许不无道理,乔伊斯小说里的那些所谓的淫秽独白,让传统基督教一夫一妻的婚姻制度——连带它的财产根基——显得声名狼藉,自然不利于家国的稳定,这确实不能和天体裸泳相提并论。但话又说回来,美国加州伯克利的"光身汉"到底侵犯了谁的利益呢?

那天晚上闲谈的由头,是李约瑟的婚姻,但不知为什么，我们两人聊得高兴起来，越扯越远，到后来，原来的话题早已不知去向。不过，认真追究起来，李约瑟无论和谁在一起，都没有离婚的必要，因为他和李大斐实行的是开放婚姻。所谓"开放婚姻"的意思是，结婚后，夫妻双方不受限制，两人都享有婚外情的自由——有人把这种"开放婚姻"和东方的妻妾制混为一谈，其实很不一样——让人实在想不通的是，像李约瑟这样虔诚的英国国教信徒，在婚姻上竟然如此离经叛道。

李约瑟的离经叛道，并不特别稀奇，因为当时英国的风气大异于今日。例如李约瑟的朋友、剑桥物理学家贝尔纳，1922年和他的妻子艾琳·斯普拉格结婚时，双方也事先讲好，要实行开放婚姻。他们说到做到：斯普拉格生的孩子，贝尔纳都一律认作是自己的孩子，贝尔纳自己也情人无数。年轻的时候，贝尔纳居无定所，他在艾琳那里或一个情人家里住一段时间，隔些日子又跑到别的女人那里去住。这样的波希米亚生活固然随意，但有时也会给他带来尴尬。最狼狈的一次是在伦敦，贝尔纳不仅与艾琳，而且和所有的情人都闹翻了，到处吃闭门羹，整夜无家可归，在伦敦大街上四处游荡，最后他去敲妹妹家的门，求一夜的借宿。

表面看来，波希米亚式的生活方式，是一战后的一时风气，但其中有更深刻的社会原因：一代欧洲的年轻人在政治和生活方式上，实行了各种各样的实验，这里既包括反抗传统、崇尚自由和社会主义，又包括公开裸泳、自由恋爱、实行开放婚姻。像李约瑟和贝尔纳的这种开放婚姻，当时在激进的艺术家和左翼知识分子群体中蔚然成风，他们提出的理由是，人不能被资产阶级的家庭伦理和性别财产观所束缚。法国思想家萨特和波伏娃的开放婚姻广为人知，但从时间上看，他们比起李约瑟和李大斐的实验前后不出十年。在中国，"五四"青年拒绝买办婚姻，提倡自由恋爱和性解放，也是一战以后推广起来的，这是时间上的巧合，还是有某种更直接的联系？到了六十年代，性解放的实验又被欧美的年轻人捡了回来，重演一次，最终以失败告终，这里面的深刻原因值得反省。法国思想家福柯（Michel Foucault）的思考就试图从话语史的维度，反思这些问题，但遗憾的是，《性话语史》这部著作被译为《性史》，这个翻译混淆了 le sexe 和 la sexualité 之间的重要区别。

25

那天傍晚我在圣约翰学院的高桌晚餐上听到贝尔纳的名字，就觉得有点耳熟，好像在哪里听到过。我努力在记忆深处搜寻，毫无所获。直到有一天，我在纽约闹市区横穿马路，走到马路正中央的一霎间，猛地被一个念头击中：这个贝尔纳，与我知道的另一位也叫贝尔纳的美国教授是不是有亲情关系？想到这里，刺耳的汽车鸣笛在离我很近的地方突然响起，扭头一看，一个戴墨镜的出租车司机在我身边不远处摇下车窗，龇牙咧嘴地吼道：想找死吗？

这个美国的贝尔纳——索性把他叫小贝尔纳吧——本来也是英国人，他到美国康奈尔大学教政治学是后来的事。我虽然和小贝尔纳没有碰过面，但在1992年，我给《读书》杂志写过一篇书评，介绍一本轰动美国学界的英文著作《黑色的雅典娜》，作者是马丁·贝尔纳（Martin Bernal），这个马丁就是小贝尔纳。我在书评里提到，作者的父亲在第二次世界大战中功绩累累，当过蒙巴顿将军的科学顾问，可不是一个等闲之辈。《黑色的雅典娜》一书的第二卷问世不久，我赶快把书的头两卷买来，带回国，交给了北京三联书店的董秀玉女士，盼望国内组织翻译和出版，此后一直没有音讯。我猜想，可能因为很难找到与贝尔纳的古文字功夫相匹配的中文译者吧。将近二十年以后，我才从国内的朋友那里得知，《黑色的雅典娜》第一卷的中文译本终于问世。

时光流逝，星移斗转，那篇旧文已恍如隔世，而自己的研究兴趣也早已转向别处,但没想到,一个奇怪的缘分又将我拉回到原点,我忍不住问自己,这个贝尔纳和那个贝尔纳是不是父子关系?

天下重名重姓的人固然很多,但我的直觉并不是没有根据。首先,小贝尔纳也毕业于剑桥大学,这未必是巧合;小贝尔纳的语言天赋极高,学问贯通中西,他七十年代从剑桥来到北京留学,会说汉语,精通古希腊文、埃及文、希伯来文、科普特文、法语、德语、西班牙语,而且学过日语和越南语。我所说的精通,不仅限于认字,懂语法,能会话,有足够的词汇量,这一类的技艺——尤其在小国林立的欧洲——其实不少见。但是,一个人不仅在学术研究中熟练地使用这些活语言和死文字,并能升堂入室,直登堂奥,这在世上就极为罕见了。

我的直觉是,像他这样有特殊才华的人与那个外号叫"智者"的贝尔纳不会没有血亲关系,问题是,小贝尔纳的生父和那位剑桥大物理学家是不是同一个人。我开始四处打听,得知小贝尔纳刚从康奈尔大学荣休,就迫不及待地在网上查找他的电子邮箱,给他写了一封信。把信发出后,一直焦急地等候回音,约莫两个星期以后,小贝尔纳回信了,我欣喜无比,因为他的回信证实了我的猜测。

按照英文的发音规律,他的姓 Bernal 的发音很接近

"波纳尔",我给《读书》写的那篇旧文,就是采用这个译名。直到后来我才发现,国内物理学界把物理学家 J. D. Bernal 的姓氏一律标为"贝尔纳",使这个不太准确的标音成为约定俗成的译名。其实,无论"波纳尔"还是"贝尔纳",英文反正是同一个词;这就像我和圣约翰学院的语言学教授在晚饭中谈到的"剑桥"和"康桥",两个不同的译名都出自同一个英文词 Cambridge。

为了不在老贝尔纳和小贝尔纳的血缘关系上造成混乱,我在这里也沿用国内物理学界的标音。这里面的缘分似乎一直潜伏在什么地方,为什么到了二十年以后才显露出来呢?连我自己都感到诧异。回想整个过程,似乎充满了偶然性,先从纳博科夫到奈斯毕特——只因为 Bernal 拼写中有个 B 字——再经由他的朋友李约瑟、李大斐和鲁桂珍的友谊,他们的开放婚姻,如此这般,我才最后找到老贝尔纳和小贝尔纳的父子关系。

26

有时候,我的搜索过程很像考古发掘,考古学家在地上一铲一铲地挖下去,偶尔发现一堆破碎的陶片,也许还有罕见的青铜礼器,上面若有铭文,考古学家拿刷子把上面的浮土轻轻拂去，尽量辨认上面的文字，寻找笔画和笔画之间的组合逻辑……

但更多的时候什么都挖不着，既找不到铭文，也找不到陪葬品的碎片，更看不到远古遗址的影子。我开始明白作家张承志的苦恼，挖掘商代中期盘龙城遗址的训练，使他获得了考古专业的独特眼力，能够辨别夯土和其他颜色土质的不同，但张承志偏偏又是作家，所以他对"土中土"的失望是必然的，我引述他的《石头的胜利》中的一段话：

> 历史学只讲究铁证，不管怎样合乎逻辑，这还不是铁证，哪怕你的感觉中已是千真万确，哪怕你隔着它已经看见了门里洞底，看见了深处。更深处，还有什么奥秘么？

无论是考古学，还是历史学，这些学科都不能满足张承志。有时候，想象力和洞察力似乎比铁证还重要，因为事物的真相后面总是还有真相，而新的真相后面又有更深层的真相，而谁能抵达真相的尽头？张承志把历史、文学想象和思想性熔聚一炉，我喜欢读他的文字，因为我在字里行间看到了写作的灵魂，使古今中外的雕琢文章——所谓的风格，所谓的文体——都黯然失色。

反观自身，我自叹不如。我既不是考古学家，也不是历史学家，更没有足够的思想准备，突然面对如此曲折的探索，不能不深感力不从心，经常处于被动的状态。当然，被动也有被动的好处，那一连串神秘的字母和数字——我热衷的那个符号世界——不知不觉之中，将我引入一个完全陌生的天地，它就是科学家李约瑟和贝尔纳的世界。

27

一说到大科学家，人们脑子里会马上浮出一个形象，这种人不是超人就是呆子，多少有点疯癫和病态，比如数学家陈景润。人们对科学家的这类误解根深蒂固，其中流传最广的一则，就是关于爱因斯坦的故事。

据说爱因斯坦上中学时的数学成绩倒数第一，因为他的成绩单上出现了大量的 1 分，甚至不见一个 5 分。这个故事很有感染力，儿子的数学考试不及格的时候，在父亲和母亲慈爱的目光里，他未必不是未来的爱因斯坦。可惜，这里充满误解。先不管他们的儿子是不是大器晚成，这首先大大冤枉了爱因斯坦。因为实际上，正确理解爱因斯坦的成绩单，其实 1 分才是最高分，而 6

分是最低分。爱因斯坦倒霉的地方在于，1896年，也是他中学毕业的那年，他就读的在瑞士阿尔高（Aargau）的中学做出一个决定，把分数等级的评判标准翻转过来。换句话说，1895年以前，1分是最高分，6分是最低分，1896年以后，6分才是最高分，1分是最低分。

十七世纪的科学家牛顿，更是长期被人误解。我在剑桥大学访问期间，有一天在三一学院散步，走进了学院的礼拜堂，这座宏伟的建筑始于都铎王朝亨利八世的女儿玛丽女王在位期间。走到教堂前厅，我发现一尊牛顿的大理石雕像，不由得感慨，立此雕像的人难道不觉得其中的讽刺？牛顿活着的时候，并不认可英国国教主张的"三位一体"。三一学院的名称是Trinity，即三位一体，指的是圣父、圣子、圣灵的官方神学教义。

牛顿对三位一体的否定，与无神论毫无干系，他是一个持不同政见者的神学家。他否认"圣子"基督是神，但从来不否认基督教上帝的存在。牛顿的理念是，人们是可以通过理性——即我们现在说的科学——展示上帝创造宇宙的设计原理，数学和物理是牛顿介入基督教神学的最好方法，但不是唯一的方法，因为他同样执迷于对《圣经》的研究。比如牛顿在写于1704年的一部手稿里，预测世界末日将不会早于2060年到来，这个预测很神秘，依据来自他对《圣经》的研究。

28

现代人对科学的误解,莫过于弄不清它与宗教之间的关系。我们往往把科学与世俗,甚至无神论等同起来,认为科学与宗教一定彼此不容,截然对立,科学家必然都是无神论者。其实,情况经常相反,我所了解的科学家里,就有很多人信奉基督教,还有人信奉伊斯兰教,不少科学家还是佛教徒,当然无神论者也大有人在。

二十世纪初,自我标榜为达尔文信徒的德国生物学家海克尔提出的一元论哲学其实是一种泛神论。许多年前,我读《人之历史》和《破恶声论》这两篇文章的时候,对青年周树人——他当时还不是鲁迅——的洞察力感到无比惊讶。《人之历史》是周树人化名在 1907 年写的一篇书评,主要是介绍海克尔(Ernst Haeckel)——晚清人也译成"黑格尔",极易和德国哲学家 Hegel(黑格尔)的名字混淆——和生物进化论的沿革。

海克尔的生物重演律影响巨大,是十九世纪末和二十世纪初细胞胚胎学的前沿理论,周树人在文章里对海克尔的概念做了总体介绍:什么是个体发生学?什么是种系发生学?什么是生物重演律?不过,这些文字并非只是科普介绍。虽然海克尔的一元论给传统基督教的教义构成很大威胁,但周树人敏锐地注意到,这个科学理论与宗教保持了紧密的联系。他在1908年发表的《破恶声论》那篇文章里,说得很清楚:"夫欲以科学为宗教者,欧西则固有人矣,德之学者黑格尔(海克尔),研究官品,终立一元之说,其于宗教,则谓当别立理性之神祠,以奉十九世纪三位一体之真者。三位云何?诚善美也。"所谓的"诚善美",就是后来被译成"真善美"的基督教的自然神学理念。对于这一点,海克尔本人毫不隐讳。

曾经为了一个研究项目,我专程去北京的鲁迅博物馆,在那里查找鲁迅的外文藏书。我惊喜地看到一本他所收藏的德文版《宇宙之谜》,这就是周树人当年写作《人之历史》的依据之一吗?在鲁迅博物馆看到这本书,让我颇生感慨,尤其是海克尔在论证"灵魂"的物质构成的时候,其言之确凿,有论有据,绝对可以和任何一个训练有素的基督教神学家对决。基督教神学家手中的法宝是《圣经》,海克尔的法宝则是进化论的生命科学,说到底,科学在他那里是泛神论的理论基础。

29

生化学家李约瑟不是泛神论者,而是一个虔诚的基督徒,这似乎并不妨碍他做一流的科学家。不过,在他的朋友圈子当中,不是所有的人都能像他那样,如此泰然自若地调和宗教与科学的关系。他的朋友贝尔纳也是一位天资极高的科学家,但在他的心目中,这两者却难以和平相处,必须从中做出抉择。

贝尔纳从小在爱尔兰长大,上教会学校,去教堂忏悔,向上帝祈祷,按时做礼拜,沉浸在天主教的熏陶之中。直到1919年的某一个早晨,忽然间,过去的一切都烟消云散,贝尔纳皈依了社会主义,竟成了一个无神论者。

贝尔纳的人生转折听起来像一个传奇故事。

在1919年那个难忘的深秋,刚刚成为剑桥大学伊曼纽尔学院新生的贝尔纳,初进校门,就结识了一位持有社会主义信念的同学。不久以后,两人在学生宿舍里做过一次彻夜长谈。贝尔纳在日记中写道,那场谈话发生在1919年11月7日。当时这个同学和贝尔纳之间具体说了什么话,我们已无从了解,后果是,贝尔纳那天夜里被震撼了。他立时顿悟,一夜间从天主教徒变成了社会主义信徒,此情境有如两千年前,使徒保罗在去大马士革的路上忽然顿悟,开始皈依基督耶稣一样。

我们不难想象当时谈话的情景,它可能酷似纳博科夫和奈斯毕特之间的长谈,他们必定也会谈到列宁和俄国革命,说不定那个朋友手里也有一只烟斗。不同的地方是，纳博科夫没有被奈斯毕特说服，而贝尔纳却体验到一次精神上的脱胎换骨。他的朋友名叫狄根森（Henry Douglas Dickinson），此人后来成为英国著名的社会主义经济学家。

遗憾的是，狄根森与文学毫无缘分，不然的话，我将立刻追究，他是不是纳博科夫笔下的奈斯毕特？贝尔纳皈依社会主义以后，生活中平添了很多刺激，各种趣事接踵而来。他和狄根森在一起，绝不只在伊曼纽尔学院散步谈心，两个人还联袂行动，四处发传单、贴告示、组织集会、发表演说，俨然以剑桥激进左翼学生领袖自居。

如果我猜得不错，那么纳博科夫当年就是被贝尔纳或狄根森叫去演讲，给英国学生介绍俄国革命，结果被听众——几乎清一色的社会主义信徒——问得张口结舌，狼狈不堪。我敢肯定，纳博科夫认识同年级的贝尔纳，因为贝尔纳在剑桥学生里太出众了。

剑桥的右翼保守学生既然找过纳博科夫，他们自然也不会放过贝尔纳。这些人通常是来到剑桥读书的一战后的退役军人，一有机会就纠缠左翼学生，逼他们唱爱国歌曲《天佑我王》，至于贝尔纳的头是不是也被人按进康河里，我没有确凿资料，很难肯定。不过，要是说他喝过康河的水，我倒是不会奇怪。贝尔纳的传记作者布朗（Andrew Brown）提到了一些轶事，就很能说明问题，贝尔纳对付那些前来捣乱的同学,似乎很有办法。

有一天,趁着夜幕降临,一群怒气冲冲的右翼学生叫嚷着来到贝尔纳的宿舍门前,声称要揍他一顿。贝尔纳听到窗外有动静,预感不妙,赶快把所有的灯都关好,自己躲在暗处。等这一伙人把门踢开冲进来时,宿舍里漆黑一团。闯入者开始在屋里搜索,躲在暗处的贝尔纳把他们看得一清二楚,因为他们每人嘴里都叼着一支香烟,烟头上的火一明一灭,把每人的位置都暴露在他的眼前。这时,贝尔纳突然发起攻击,他抓住其中两个人的头,把他们狠狠撞在一起,不难想象,接下来是黑暗中的一片混乱。在乱战中,贝尔纳不失时机地撤退,于暗中一溜了事。

待贝尔纳跑到门外,听到屋子里乒乒乓乓之声不绝于耳,原来那伙人在黑暗中分不清敌我,拳打脚踢,自己人打自己人,打得不亦乐乎。

30

贝尔纳年少气盛,聪明过人,读书过目不忘,说起话来更是滔滔不绝。他是一个富有思想魅力的男人,经常吸引有理想的女性在他的周围,而且,这些女性也毫无例外地都是左翼,"智者"这个绰号就是她们当中的一位叫起来的,后来响彻剑桥。

在贝尔纳的倾慕者里,不但有附近女校的学生,还有刚参加工作的打字员。听说贝尔纳无所不学,无所不晓,并且还是一个激进左翼,她们都慕名而来,听他现身说法。李约瑟很早就认识贝尔纳,自然也欣赏他的才华。他后来回忆说,贝尔纳说话的时候,会用一种聪慧专注的眼神看着你,当他得到一个奇思妙想时,目光就变得异常锐利,几乎要把人穿透。不仅眼神,贝尔纳的头发也独具魅力,当他在侃侃而谈的时候,会把头一甩,明亮的长发四处飞扬,让人觉得他像个波希米亚人。

对那些慕名而来的年轻女性来说,这样的魅力是难以抗拒的。有一天,贝尔纳的 X 射线晶体学实验室来了两名助手,都是年轻女性。她们好奇地向贝尔纳的博士生霍奇金(Dorothy Mary Crowfoot Hodgkin)打听:贝尔纳真的是上知天文,下知地理,无所不晓吗?霍奇金在贝尔纳指导下做研究,建树多多,1964 年获得诺贝尔化学奖。霍奇金也是一位年轻女性,她微笑着冲两位助理说,你们明天随便找个话题考考他吧。她们两个人将信将疑。

第二天上午,贝尔纳出现在实验室中的时候,她们果然把事先准备好的话题拿来考他:贝尔纳博士,您对墨西哥的建筑有研究吗?能不能给我们讲一讲?贝尔纳连眼睛都不眨一下地说:先告诉我,你们想听西班牙人征服美洲之前的建筑,还是在那以后的墨西哥建筑?接下来,他滔滔不绝地给她们上了一课墨西哥建筑史。

对这个人不佩服还真不行。英国皇家建筑研究会邀请贝尔纳去演讲的时候,他在演讲中不但大谈欧洲城市规划的历史,而且还论及现代数学拓扑学的起源,让建筑学界的专家们大开眼界。贝尔纳说,拓扑学的数学问题,起源于十八世纪的城市规划,它要解决的是一个非常具体的问题:

> 一个城市共有七座桥,
> 你如何走完所有的桥,
> 而不重复其中的一座?

这个有趣的数学命题,最早是在1736年被一名欧洲数学家在圣彼得堡的俄国科学院提出的。后来,贝尔纳的传记作家布朗打趣道,"智者"有没有把拓扑学的几何原理,运用到他自己的生活中去?比方说:

> 在伦敦城的北区
> 智者如何从这一头走到那一头,

而不重复碰见他的某位情人?

这个打油诗有些夸张,但是很形象。大科学家里有这种名声的人,实在少见。由于他的生活不修边幅,两性关系不循规蹈矩,政治上主张马克思主义,因此,贝尔纳在剑桥大学的体制内部受到保守派的排挤,在所难免。后来他转而去了伦敦大学的伯贝克学院,不是没有原因。虽然贝尔纳早已被选为英国皇家学会的成员,但当他被提名剑桥大学基督学院院士的时候,却没有全票通过,一位元老投反对票的理由是:蓄此发型者,非正经人也。

31

每一所大学都有这样的腐儒,剑桥也不例外。但我心中存有另一个疑团,二十世纪初的剑桥科学为什么异军突起,把牛津大学甩在了后面?人们通常习惯性地把剑桥和牛津相提并论,英语有一个词,叫Oxbridge,直译就是"牛桥"。那么,"牛桥"的学生比英国其他大学的学生牛在哪里呢?

"牛桥"的学生主要来自贵族世家和特权阶级的家庭背景,其实,当时的"牛桥"教授和高级讲师也多半来自同样的特权阶层。不难看出,"牛桥"是英国的统治权贵世世代代进行自我繁殖的必经之路,它也是大英帝国训练知识精英的地方。从十九世纪初到二十世纪初,无论在世界的任何角落,哪里有"大英帝国"的阳光,哪里就有"牛桥"的影子。这样的辉煌持续了一百多年,难怪天下无人不晓,英国有个"牛津"和"剑桥"。

但无论"牛桥"多么牛,像纳博科夫这样的外国贵族学生,他对"牛桥"学生的居住条件显然不满意,嫌冬天屋子太冷,抱怨盥洗室距离太远,简直把那个地方说得一无是处。三一学院的建筑,虽然历年不断维修翻新,但毕竟是几百年的老房子,有些房间的窗框明显变形,宿舍里的设备也不如现代房屋舒适。纳博科夫给我们一个印象,好像"牛桥"学生的生活待遇其实不怎么样,不过,有些关键的细节被他在自传中忽略了:剑桥大学当时雇用了一大批工友,也就是佣人,专门负责照顾学生的起居,伺候学校的权贵子弟。

纳博科夫的同学李约瑟在基兹学院,他刚到剑桥的时候,被分配在圣迈克尔大院的宿舍里,房间号码是C1,这是楼下极其阴暗的一个房间,鲁桂珍转述他的回忆说:

> 我的宿舍虽然很差,但当时的大学生活还是比现在的奢侈,因为厨房送饭茶的工友多,早餐都是放在大木盘

里，盖上绿色绒布，从学院厨房里一份一份分别送到每个学生面前。有种特别好吃的东西，叫做 petit jambon（法文：小火腿），是一小叠油炸的面包片，中间夹些奶油火腿，顶上放一只荷包蛋……

如果有人把一顿丰盛的早饭用大木盘端来，摆在你的面前，这样的待遇还不够奢侈吗？不过，对于贵族和特权阶层的人来说，佣人此类的服侍与奢侈完全无关，牛津和剑桥的学生大多出于贵族，佣人的服侍简直是天经地义。只是在后来，随着"牛桥"教育开始向平民和女性开放，大学生的特权待遇才逐年削弱。李约瑟读大学的时候，"牛桥"学生的特权待遇渗透在生活的方方面面。他笔下的基兹学院的早饭情形，在三一学院并无二致，不过，关于这一点，纳博科夫的自传里没有任何记载，是不是被无意中省略了？

像纳博科夫这样善于观察生活，对细节无比重视的作家，为什么在这一类的细节上变得粗心起来？我想，可能和他本人的贵族境遇有关。俄国革命以前，纳博科夫家的魏拉公馆拥有五十多个侍从、车夫、厨子、保姆、管家、园丁等，此外还有家庭教师，这些人专门伺候一个七口人之家。虽然纳博科夫的父亲是知识精英，算是贵族中的开明人士，但俄国社会的等级制度森严，他的家族也不例外。纳博科夫在自己的回忆里，很少提及魏拉公馆的仆人或者他们的家庭，即使偶尔提起一两个，也是几笔带过而已。

32

但是，我忽然想起一个例外，它像一颗明亮的流星从夜空划过，深深地打动了我的心，也加深了我对纳博科夫本人的了解。在《说吧，记忆》的第十章，纳博科夫花费了一些笔墨，描述一位他这个贵族少爷眼中的车夫女儿，波兰卡：

> 那年夏天，我总喜欢骑单车经过一座小木屋，落日的阳光给小木屋抹上一层灿烂的金光，木屋门口每次都站着波兰卡，她是我家马车队车夫头扎哈的女儿，一个和我同龄的姑娘。波兰卡身子倚着门框，两只赤裸的胳膊交叉在胸前，她的神态柔和而松弛，是典型的俄国乡间少女的风范。波兰卡每次见我远远骑车过来的时候，脸上就焕发一种奇异的、光彩夺目的笑容，好像在欢迎我的到来。可是，当我骑着车逐渐靠近她的时候，她的笑容就开始收敛，先是剩下了一半，然后在她紧闭的嘴角边上只留下一点余光，最后就连这一丝余光也荡然无存。待到我骑车到她的面前

时，她那张妩媚的圆脸上是断然看不到丝毫表情的。然而，就在我从她的身边经过，朝着对面的山坡冲刺前，最后回顾一眼时，她的笑靥又一次浮现出来，迷幻神奇的光彩重新又把她那张可爱的脸蛋照亮。我从来没有和波兰卡说过一句话，后来很长一段时间，我也不再选那个钟点骑车经过她的家，即便是这样，我和她的目光偶尔还会在某处相遇，我们这种纯粹的目光接触维持了两三个夏天之久。

……在那一段时间，我即使在沉睡当中，也梦到这个姑娘。奇怪的是，就凭着不让脸上的笑容消失，她硬是把我的梦境燃烧出一个洞来，把我从沉睡中惊醒，推向模糊不安的意识边缘。波兰卡是第一位对我产生这种刺骨铭心的力量的女人，可是真实生活中的她，光脚上沾满了泥垢，衣服上散发出陈腐的气味，这一切都让我感到恶心，我很惧怕自己的这种感觉，不过我更害怕用少爷挑逗仆人的那一类俗套去亵渎她。

波兰卡在十六岁那一年，嫁了人。后来，1916年的严冬，纳博科夫在火车站的站台上不期与她相遇，这时的波兰卡，身上穿着臃肿不堪的大衣，眼睑下面带着拳头留下的青紫印记，正匆匆地从纳博科夫的身旁经过。波兰卡一边走，一边对身边同行的女伴说："瞧，大少爷已经认不出我了。"

纳博科夫补充一句：那次是我头一回听波兰卡开口讲话。

33

波兰卡的故事不禁让我联想到另一个文学人物，那是韩少功笔下的盐早。我读《马桥词典》时，印象最深的就是盐早，与其说是这个人物本身，不如说是农民盐早与叙述人"我"之间的那种无形的，但无法穿越的心理屏障。韩少功细致地描述了叙述人与盐早重新见面时，陷入了无话可说的窘境，而当盐早起身告辞的时候，这个不善言辞的农民只发出"呵呵"的声音。韩少功是这样描写的：

> 我相信他有很多话要说，但所有的话都有这种呕吐的味道。
>
> 他出门了，眼角里突然闪耀出一滴泪。黑夜里的脚步声渐渐远去。
>
> 我看见了那一颗泪珠。不管当时光线多么暗，那颗泪珠深深钉入了我的记忆，使我没法一次闭眼把它抹掉。那是一颗金色的亮点。我偷偷松下一口气的时候，我卸下了脸上僵硬笑容的时候，没法把它忘记。我毫无解脱之感。我没法

在看着电视里的武打片时把它忘记。我没法在打来一盆热水洗脚的时候把它忘记。我没法在挤上长途汽车并且对前面一个大胖子大叫大喊的时候把它忘记。我没法在买报纸的时候把它忘记。我没法在打着雨伞去菜市场呼吸鱼腥气的时候把它忘记。我没法在两位知识界精英软磨硬缠压着我一道参与编写交通法规教材并且到公安局买通局长取得强制发行权的时候把它忘记。我没法在起床的时候忘记。

黑夜里已经没有脚步声。

读到这里，我恍惚看到鲁迅的身影，不由得放下手中的书，感慨一番：一部虚构的"词典"，一本关于人和语言的小说，竟把读者引入了大音希声的境界，这是一种何等的境界？贫穷，总是与失语联在一起，它是一种气味、一种目光，一颗藏起来的泪珠，它使"我"没有办法解脱。进行这样尖锐的写作，对一个作家来说，还真的需要一些勇气。

读了波兰卡的故事以后，我暗自惊讶，一向以玩弄技法著称的纳博科夫，居然也能表现出这样的勇气，叫我刮目相看。在一个关键的时刻，纳博科夫没有刻意掩饰自己内心深处的阴影，他老老实实地承认，面对波兰卡的赤贫，他，毕竟是一个大少爷，这里浮现出的是一个心理鸿沟，一道最难逾越的鸿沟。

34

我常常思考，文学究竟如何面对禁忌？什么是真正的禁忌？通常讲起人与人之间的等级，我们由于懒惰，或者由于缺乏想象力，都习惯用抽象的语言去概括，但纳博科夫与波兰卡之间的那种隔膜，很难用概念去捕捉。它是一道看不见的鸿沟，无法穿越的屏障，几乎就是禁忌本身。它可以秘密地操纵一个人的表情，潜入人的无意识，所以当初恋还没有发生的时候，一个人就已经陷入深深的绝望。我反复琢磨这种禁忌背后的神秘力量，忽然得到一个启示，它不正是俄国革命爆发的深刻原因吗？纳博科夫一家人流亡异国也肇因于此。可是除了对波兰卡的那点记忆之外，纳博科夫本人对这一切有多少反省呢？

初到英国的时候，这位落难公子很难适应剑桥大学的生活。我们替他设想一下，比起魏拉公馆众多奴仆的服侍来说，"牛桥"学生早餐桌上出现的小火腿和荷包蛋算得了什么？纳博科夫在流亡后写给母亲的信中，回忆俄国家乡的时光时，反复诉说他对魏拉公馆的深切怀念。他身边的一切都曾经那么美好，一望无际的森林和草地，林中蝴蝶纷飞，虫鸟齐鸣，朝阳透过大树茂密的枝叶，在地面上洒下斑斑驳驳的亮色。一条小河蜿蜒穿行，经过他家中的林地，静静流淌。落日时分，马车夫家的小木屋披上一层绚丽的金光。这不是人间仙境是什么？1917年十月之后，曾为仙境的魏拉公馆犹如南柯一梦，一去不返，最后只剩下一些遥远的回忆。

从剑桥大学毕业以后，纳博科夫和其他人一样，不得不自谋生计。为了养家糊口，为了维护自己的尊严，他从剑桥辗转到柏林、巴黎，后来移民美国，在康奈尔大学栖身多年，直到有了《洛丽塔》的市场成功，他才不必以教书谋生。这不能不让人联想，纳博科夫晚年之所以搬到瑞士的小城蒙特勒，在豪华的蒙特勒宫酒店度过余生，这种"流亡"的方式是不是重现了他少年时代的奢侈？

假如真的是这样，那么纳博科夫租房也罢，不租房也罢，也就不成什么问题了。回想自己当初对纳博科夫心理的那些揣度，我终于明白，自己早先的想法很肤浅，甚至有点不着边际，因为纯粹从个人心理的角度去揣度一个人，那是一条走不通的小径。

35

上次离开瑞士的时候匆匆忙忙，错过了访问蒙特勒的机会，日后叫我后悔万分。两年后，我得到一次机会赴苏黎世开会。会议结束的那天下午，我径直奔向苏黎世火车站，买了一张票，专程走访蒙特勒。这一次，我的运气极佳，下车走出蒙特勒火车站后，穿过几条街道，真没费气力就找到那个叫做"蒙特勒宫"的酒店。

果然如我所料，这家豪华酒店依山傍水，坐落在风景秀丽的日内瓦湖畔，是当年欧洲贵族和沙俄皇亲家眷度假的地方。我借口说订房间，说服前台的瑞士小姐带我进入纳博科夫和他的妻子维拉住过的房间。电梯升到六楼停住，瑞士小姐带我来到65号房间的门口，她告诉我说，纳博科夫的套间已重新装修过，被隔成两套客房，因此，现在的65号比从前的开间要小很多。

推门进屋，环顾四周。窗户是朝西开的，落地窗正好把日内瓦湖的景色嵌入窗框，宽阔的水面缓缓从脚下伸向远方，一直到与对岸逶迤起伏的阿尔卑斯山脉连成一体。不难设想，一天之中，湖水随着时辰的移动，色彩变幻万千，构成一幅让人百看不腻的画轴。宾馆小姐说，没关系，上凉台去看看吧。我缓缓拉开落地窗的玻璃门，走上凉台，极目远眺。

这时，夕阳斜下，天水苍茫，金波万点。我确信，这就是当年纳博科夫眼中的日内瓦湖；如今物是人非，真是闲云"湖"影日悠悠，物换星移几度秋。我开始幻想纳博科夫在这里的生活情境。

每天早上起身,纳博科夫在睡袍外面披上一件外套,走到落地窗前,伸手握住窗框旁边百叶窗的摇杆,先把厚重的百叶窗摇起,然后拉开玻璃门,抬脚跨到凉台上。他站在凉台上,开始做早操,深呼吸。湖面清风扑面而来,湖面上闪动着银色的波光,纳博科夫陶醉于眼前的景色,仿佛回到少年时代的魏拉庄园……

忽听有人敲门:先生,早饭好了。

那声音似曾相识,恍惚之中,纳博科夫觉得回到了魏拉庄园,家中仆人正招呼他吃早饭。

离开65号房间,回到酒店大堂,我再次环顾四周的景物,不知为什么,脑子里突然浮现出一个模糊的记忆,啊,想起来了,它来自一张黑白照片,是纳博科夫和他的表弟尼古拉斯·纳博科夫的合影,照片的背景就是在这个酒店大堂的某个角落,所以似曾相识。我谢过宾馆的小姐,借口说自己想随便逛逛,看一下周边的环境。

酒店大堂的空间高大阔绰,抬头看时,中庭足有两三层楼高。三个巨型威尼斯玻璃窗面湖而立,气势雄浑,一字排开,一百年前欧美建筑界的仿古风依稀在目。正中的巨窗下摆放一个红色的长沙发,左右两边窗户的角落,各置一方桌,方桌周围摆放着几把靠背椅。

这种典雅的装饰与欧洲贵族家庭的起居室相似,家具不多,却安放适度,愈显中庭之阔大。我漫步其中,不由感慨起来，空间如此浪费，毕竟也是一种炫富，只不过它的奢侈是以"空"，而不是以"满"来计量的。

我走到正对中央的威尼斯玻璃窗的地方，选择了一个角度，后退几步，暗自对比印象中的那张黑白照片，觉得不够吻合，于是换了角度，移到右边的巨型威尼斯玻璃窗的斜对面，这才找到那张照片的拍摄位置。我隐约记得，尼卡表弟——尼古拉斯的昵称——和纳博科夫在这里面对面坐着，镜头聚焦两个人的侧面，远处背景就是那一扇略显模糊的威尼斯玻璃窗。他们就坐在这张桌子跟前聊天吗？他们谈了一些什么话题？那次是不是两人的最后合影？我拉开椅子坐下，又陷入胡思乱想之中。

照片的拍摄年代是1974年。

36

从苏黎世返回纽约之后，我忙得不可开交，自然就把追究奈斯毕特和剑桥科学家的事搁置在一边了。半年以后，有一次参加同学会的酒会，碰到老朋友阎兄，竟没想到，一次偶尔的聚会为我带来了新线索。

我和阎兄难得见面，但每次见面我都会问：最近有什么新的科学发现？他总笑嘻嘻地回答说：忙忙碌碌地工作，庸庸碌碌地生活，哪里会有你感兴趣的科学发现啊。

阎兄曾经是学理论物理的，后来改行做分子生物学。二十年前，我们在同一所大学留学，他读分子生物学，我读比较文学。阎兄的实验室大楼与我常去的图书馆大楼隔街相对，中午的时候，我时常跑到晶体学实验室去找他，然后一起出去吃午饭。每次走进他的实验室，我都看到天花板下缀着五六个大大小小的分子晶体结构的模型，在空气中微微晃动。这些模型做得精致，像艺术家的手艺活，每只模型都用彩色的塑料配件串接起来，构成重复和对称的多棱体，五颜六色，千姿百态。每回走进他的晶体学实验室，我总站在那里看个半天，一边欣赏，一边赞叹。阎兄怕我不懂，指着其中的一个模型说，这是血红蛋白的模型。我吃了一惊：血红蛋白长得这么漂亮，可不可以让我收藏一个？他说万万不能，这是他的同学迈克和丹尼做的，纯粹为了科学研究的目的，不是艺术装置。阎兄毕业后，去了美国默克制药公司，在那里当资深研究员，家住费城附近。偶尔我在电话里问到他的科学研究时，他欲言又止，显得神秘莫测。自从制药公司和阎兄签约以后，一切研究成果都变成了公司的机密，于是，我和他开玩笑说，科学家与默克签了一纸卖身契。

那天,我和阎兄在同学会的酒会上约好,两周后见面好好聊一次。我要请他喝茶,听他讲一些关于剑桥大学的掌故,因为阎兄和剑桥分子生物学实验室的科学家打过交道,我想趁机问问,他都知道哪些人和事。

3月底的一个周末,春光明亮,河边公园的樱花刚开过,我把家中所有的窗户都打开,轻风徐徐吹进客厅。阎兄下午要来家中喝茶,我从橱柜里拿出一套细瓷茶具,摆在茶几上,预备好了阎兄喜欢喝的台湾包种茶。

有好茶吗?他一进门,果然先问起来。

我说:有,特意为你留的台湾包种茶。

阎兄个子高大魁梧,差不多有一米九,脸上老是挂着一丝谦和的微笑。这种谦和的表情通常在有教养的人身上才能见到;我想到阎兄的父母,他们也有同样谦和的微笑,这种儒雅的仪态,曾是中国读书人特有的风度,如今已变得罕见,说不定在我的有生之年将从地球上彻底消失。不知为什么,这种谦和的笑容,在阎兄那高大魁梧的身材上反而有点不协调,可能是因为我们在美国相遇,美国社会给人戴上另一副观察事物的眼镜,无意识中就会受到它的摆布。

我一面泡茶,一面询问阎兄家里的情况。他有一个钟爱的独生女儿,我记得这个孩子从上海初到美国的时候,只有五岁,现已长大成人。女儿大学毕业以后,在华尔街的投资银行找到事做，平时不常回家，逢年过节回去看父母时，她的母亲摇头叹气，真没想到，这孩子成了十足的美国人。为什么要叹气呢？这不是华人父母所期待的吗？

阎兄端起我泡好的新茶，白瓷杯里漾着淡淡的绿色，香气扑鼻。他用鼻子对着杯口，深深吸几下，抿了一小口，嗯，好茶，他说。

寒暄了一会儿，我们开始进入正题。

阎兄问：你什么时候开始对剑桥的科学家感兴趣？

我说：最近读了一些人物传记，就对剑桥大学产生好奇，但有些事情还是弄不明白，比方说，一战后剑桥突然冒出那么多一流的科学家，我好奇的是，这件事为什么发生在剑桥，而不是在牛津？

你是要一个简单的答案，还是要复杂的答案？阎兄拉起科学家的架势问道。

简单一点吧，复杂了我听不懂。

阎兄说：牛津的情况我不很了解，但剑桥的确有它特别的地方。你听说过两个著名的研究基地吗？一个是邓恩生物化学研究所，另一个是卡文迪什物理实验室。

我茫然，摇摇头。

阎兄说：那我先考考你，维他命是谁最先发现的？

我自然也答不上来。

阎兄用手指在茶几上比划着说：这个人的名字叫霍普金斯，很重要的剑桥大学科学家，他也算是现代生物化学的开山鼻祖吧，维他命就是他和一位荷兰科学家艾克曼发现的。上世纪二十年代，霍普金斯在剑桥大学成立了邓恩生化研究所，四处招兵买马，把当时最有才华的年轻生物学家都网罗了过去，而牛津大学当时根本没有和它同等水准的机构。比如李约瑟和霍尔丹，他们都曾在霍普金斯手底下干过，还有一位物理学家，叫斯诺（C. P. Snow），也是那里的研究员，这个人多才多艺，还写小说……

阎兄顿了一下，然后补充说：唉，我好像记错了，斯诺是卡文迪什实验室的研究员，不是邓恩生化研究所的。

我立刻追问：剑桥的卡文迪什实验室大名鼎鼎，它和你的晶体学专业有关系吗？

阎兄说：关系太大了，贝尔纳的 X 射线晶体学实验室，就是卡文迪什实验室的下属机构。五十年代初，克里克和沃森发现 DNA 的双螺旋结构，也是在卡文迪什实验室，十几年前，我和这个实验室的几个研究员有过一些交流。

啊，原来这个实验室那么重要。

阎兄一边品茶，一边娓娓道来：卡文迪什实验室的师承关系很有趣，克里克是佩鲁茨的学生，佩鲁茨又是贝尔纳的学生。全世界的人都知道，DNA的双螺旋结构是克里克和沃森发现的，不过，事情远没有那么简单。大家不知道的是，这两个人手里掌握的DNA晶体结构的实验数据是从哪里来的？我告诉你吧，是他们从女科学家罗莎琳德·富兰克林那里偷出来的。在这之前，富兰克林的X射线晶体学实验已经做了好多年，沃森和克里克想方设法把她的实验成果拿走以后，后来却很少提到她。有人打抱不平说，这位女科学家才是发现DNA双螺旋结构的第一人。

听到这里，我很震惊，富兰克林被如此排挤，真的是闻所未闻。科学发现背后的真相究竟是什么？但话说回来，我为什么要大惊小怪？男人占有女人劳动的做法，不是司空见惯的吗？阎兄的话让我想到一些其他的案例。接着我心里又冒出一个新的疑问：富兰克林使用的是什么方法？她怎么就能揭开DNA的谜底呢？

阎兄说：你的问题太大了，你在问我的专业，几句话哪里能说清？这么讲吧，我拿显微镜来做个比较：你想过没有，电子显微镜底下能看到多小的东西？最小也就是十万分之一厘米吧，这是显微镜的局限。再说蛋白质，任何生物都离不开蛋白分子，是不是？蛋白分子究竟多大？它差不多就在百万分之一厘米的档次，这是电子显微镜看不到的档次，而使用 X 射线晶体学的方法就能看到。

我似懂非懂，但忍不住还是追问：那 X 射线有什么特别的？它怎么就能拍摄到百万分之一厘米大的分子结构呢？

阎兄顿了一下，笑笑说：这个说来话长，简单说吧，电子对 X 射线有衍射作用，我们通过晶体在 X 射线下显示出来的电子密度，就能判断出原子的排列情况。你记得我的实验室里的那些五颜六色的模型吗？那就是 X 射线显示的晶体结构，只不过我们把它放大了好多倍，做成三维模型了。

我紧追不放，接着问，贝尔纳发明的 X 射线晶体衍射仪到底是什么，这个技术与富兰克林研究 DNA 的方法究竟有什么关联，诸如此类。阎兄一一给我讲解，最后，他拿起一张纸，在上面戳一个小洞，给我演示光波在何种条件下不走直线。当我们的谈话快要结束的时候，阎兄问，你为什么对贝尔纳的科研发生兴趣，我只好承认，其实我不过是对他这个人有些好奇。

晚上与阎兄分手之前，我提了最后一个问题：贝尔纳既然做出这么大的贡献，他的两个学生都是诺贝尔奖得主，这个奖为什么没有颁给他本人呢？

阎兄沉吟了一下，说道：这恐怕不能说明什么。你是搞文学的，诺贝尔奖全都给了一流作家吗？我看也未必吧。

37

回到家中,我习惯性地把笔记本打开,打算把阎兄提到的几个名字记下来,以方便将来查找。翻开笔记本,一眼先看见自己最早研究纳博科夫拆字游戏的那一页,上面有几个大写字母:

NESBIT

直觉告诉我,奈斯毕特这个面具后面的真人,就藏在这六个字母后面。如果我再下一点功夫,找到拆解这个代码的钥匙,那一切将会迎刃而解。面对纳博科夫的文字游戏,我觉得自己像梦游警幻仙境的贾宝玉,不小心撞到那个"一从二令三人木"的拆字谜,懵懵懂懂,不知这里面的谜底在哪里。

我推想,既然前面已经分析过 B 是贝尔纳 Bernal 的缩写,N 是李约瑟的姓氏 Needham 的缩写,而每个字母都代表一个真实姓名的缩写,那么接下来,S 和 T 这两个字母分别代表什么人的名字的缩写呢?我忽然想到,S 会不会是阎兄提到的那个写小说的科学家斯诺 Snow?这种可能性我不应该排除,因为斯诺也是卡文迪什实验室的研究员，与贝尔纳是同事。那么，T是谁呢？我觉得，最困难的还是I和E，因为E是英语词汇中使用频率最高的字母，概率在百分之十左右；它仅在李约瑟的姓里就出现过两次，贝尔纳的姓起码占了一个E字。再看字母I，它的使用频率虽然比E低，但也很频繁。如果不想在大海里捞针的话，恐怕很难落实这两个元音字母。想来想去，我决定把元音字母I和E先放在一边，暂不考虑。

但除了这两个元音字母之外，还有什么其他因素可以被排除呢？这时我想起一个细节，它可能对B字的思路很不利，我开始怀疑，贝尔纳的这条线索也许走不通。理由是，奈斯毕特烟斗不离手，贝尔纳却没有吸烟的嗜好，起码他自己的儿子没有见过他吸烟，这个细节是我从小贝尔纳那里落实过的。小贝尔纳2001年从康奈尔大学荣休以后，像候鸟一样在英国和美国之间飞来飞去，他和妻子莱思丽一年之中有一半时间在英国剑桥，另一半时间住在纽约上州的瀑布之乡伊萨卡，康奈尔大学所在之地。小贝尔纳和纳博科夫是两代的剑桥人，两人前后都从康奈尔大学退休，不过，二十世纪七十年代初小贝尔纳来到康奈尔大学执教的时候，纳博科夫早已离开伊萨卡，搬到瑞士住了。

为了弄清最后的细节，我给小贝尔纳发过一封电邮询问，他很快就回信说，从未见过父亲抽烟。不过，他的母亲曾经告诉他，贝尔纳年轻的时候是吸香烟的，但时间不长就戒掉了。贝尔纳的戒烟很偶然,有一天,家里的香烟用完了,他懒得出去买,从此就不抽了。这个戒烟的理由听上去很奇怪,但对于一个率性而为的人来说,倒也不奇怪。

收到小贝尔纳的回信后,我几乎可以断定,老贝尔纳不是那个手持烟斗的奈斯毕特,除非烟斗的细节也是纳博科夫凭空捏造的,但看起来不像。贝尔纳虽然本人不吸烟,但我听说,小贝尔纳的母亲玛格丽特·迦丁那尔的烟瘾极大。玛格丽特是一个艺术家,也是左翼活动人士,她是跟贝尔纳在一起生活时间最长的情人。客厅里经常聚集着一大堆诗人、作家和艺术家,这些人也都成为贝尔纳的朋友。诗人奥登(W. H. Auden)就是她家的常客,也是烟友。玛格丽特和奥登坐在沙发上谈笑的时候,他们的周围总是青烟缭绕,雾气弥漫。

五岁的小贝尔纳听不懂大人说的话,他趴在沙发旁边的地毯上翻书,他在翻一本大埃及学家写的书,那上面印着奇奇怪怪的图画和象形文字,作者就是他的姥爷迦丁那尔。

38

自从字母 B 被排除以来,我再一次把目光投向字母 N,也就是李约瑟。我早就猜测,李约瑟这个人在多方面都符合纳博科夫对奈斯毕特的描写：人长得清瘦，爱写诗，笃信社会主义。此外，我还得到一个重要的细节：李约瑟烟不离手，他学会的第一个中文词也是"香烟"。

李约瑟的传记作者提到一个细节，在起草《中华科技文明史》的时候，李约瑟为了不影响工作进度，规定自己中午十二点之前不得抽烟。到了十一点，烟瘾发作，他的一只眼睛看着面前的打字机，另一只眼睛盯着墙上的时钟，手指头则连续不断地敲打着打字机键盘。时钟敲响十二点的那一瞬间，李约瑟一下子从椅子上跳起来，扔掉手中正在干的活，抓过香烟盒，迅速抽出一支，将它点燃。

如果有谁能告诉我，李约瑟不仅吸香烟，而且和一战以后很多剑桥人那样，年轻的时候也抽过烟斗，那么，对号入座，他就可能是藏在奈斯毕特的面具后面的人。可惜，从大学时代就认识李约瑟的人，都已不在人世，更何况李约瑟身后无嗣。他享年九十四岁，不仅为两任妻子李大斐和鲁桂珍先后送终，并且活过了他那一代几乎所有的知识分子，晚年很孤独。

但无论如何，我觉得，李约瑟的烟瘾还是一条可以追究的线索。虽然目前尚未找到具体的记载，但不等于他没有抽过烟斗。一战以后，烟斗文化在剑桥的年轻人中很普遍，就像十九世纪欧洲绅士手中的文明棍那么流行。即使找不到确凿的证据,我不相信李约瑟上大学的时候没有碰过烟斗,可我的研究恰恰卡在这个节骨眼上。

当年在剑桥大学访问李约瑟研究所的时候,我结识了一名图书馆的档案员,手中至今留着一张她的名片。为什么不直接写信给她呢?哪怕只有一线希望,我也不该放过,于是立刻给她发了一封信。档案员的回信很利索,但也许是觉得我的研究兴趣古怪,她婉转地指出:当年的剑桥人几乎人手一只烟斗,你的这张网是不是撒得太大了一点?但无论如何,她认真回答了我的问题。她写道:据我所知,李约瑟一直吸香烟,后来改抽烟叶,至于他曾经有没有吸过烟斗,对不起,我查不到有关的记录,因此说不上。不过,他周围的朋友里,倒是有几位烟斗不离手,例如,某某某……档案员写下几个人的名字,给我作参考。

对比这几个人,我发现斯诺的名字并不在上面,而其余三个名字,我一眼就能判断,他们与奈斯毕特也不可能有任何瓜葛。不过有一个名字是我完全没有想到的,那就是剑桥生物学家沃丁顿(Conrad Waddington)。我后来发现,这个人不仅是剑桥左翼科学家圈子的核心人物,还是贝尔纳和李约瑟的朋友。这一条意外的线索,让我兴奋不已。第二天一早,我急急忙忙钻进图书馆,去查寻有关这个人的资料。果然,沃丁顿烟斗不离手。

39

终于盼来了春假,我有了整整一周的闲暇。

但闲暇不能闲,正好集中精力,把沃丁顿的生平弄清楚。我从图书馆借来了大量的书籍和旧杂志,一一摊开在地上,反复翻阅,做笔记。没过多久,沃丁顿这个人在我的头脑里开始形成清晰的轮廓。不过,它只是一个轮廓而已,里面需要填入大量的色彩和细节,才能饱满起来。于是,我开始查找一切可能与奈斯毕特有关的细节。春假不知不觉地过去了,糟糕的是,到了最后一天,我突然病倒,患上严重的呼吸道感染,因而连日卧床不起,被迫在家休息。

养病的日子实在太烦闷,我把纳博科夫的小说《塞·纳特的人生真相》翻出来,又陆陆续续看了一遍。通过反复阅读,我终于体会到什么叫"纳博科夫式"的写作,它几乎只能意会,不能言传,就好比一段变化丰富的音乐,里面嵌入无数的变奏,主旋律是小说主人公纳特。纳特是一个耽于幻想的人,往往分不清现实和梦幻之间的界限,对他来说,走进幻想或者回到现实,几乎就像进门出门那么容易。一旦进入幻觉,那些饱满逼真的细节,例如墙壁上的紫罗兰花,草坪上的长条凳等,怎么可能不是真的？纳特经常在自己制造的幻象中流连忘返，他为梦中世界的一草一木感动不已，幸而他身边有些亲朋好友，个个现实感都比他强，不时地替他指点迷津，提醒他，现实的门朝哪一边开。

有一天，纳特怀着无限的幽思，来到法国南部的一个避暑山庄，这个地方叫洛克布尔尼。他事先打听到，生母当年客死他乡之前，就住在一个名叫紫罗兰的宾馆里。纳特在宾馆的大门口停步，探头一看，里面有座小楼，墙壁上绘着俗气的紫罗兰花，院中空无一人。最后，他忐忑的目光落在草坪上的一把长条凳上，显然，这条木凳曾经涂染过一层蓝颜色的漆，现在漆已褪色，木凳带着岁月的沧桑，孤零零立在那里。纳特久久凝视着那个寓意深长的长条凳，尽量克制涌动的心潮。他想象母亲在世的时候，经常坐在这里晒太阳，一边想，一边蹑手蹑脚地走上草坪，在长条凳上坐下。

纳特在长条凳上坐了很久，不知为什么，扑咚一声……他的沉思被一个声音倏然打断，低头一看，原来是一只金黄色的大橙子，从他膝盖上的纸袋子滚落出来，砸在自己的脚上。这只橙子对他似乎在做一个微妙的提示，但纳特浑然不觉。

聪明的读者能猜到这只橙子的提示吗？

回到伦敦后，偶尔碰见生母的表妹，顺便提起这趟旅行时，纳特这才意识到自己把宾馆的地点弄错了。没错，母亲是住在一个名叫紫罗兰的宾馆，但那个紫罗兰其实不在洛克布尔尼，母亲住过的紫罗兰宾馆其实在法国南部的瓦尔……唉，一个多么荒唐的错误。

纳博科夫笔下的梦游者老是这样，迷离于恍惚之间，惶惶不可终日。一个俗不可耐的名字，一些微不足道的细节，一件偶然发生的琐事，都引起他太多的遐想，浪费太多的情感，接下来，就是莫名其妙的失望。

我猜想，即使纳特没有走错地方，即使他找到了法国南部瓦尔的紫罗兰宾馆，谁能保证他不会由于另一些误解或者意外，又进错一个门，鬼使神差地走上新的歧途？

40

自从迷恋上 NESBIT 这六个字母以来，我有点像着了魔，无时无刻不在脑子里构想各种各样的解谜方案，自认为找到正确的解法，不过是一个时间问题。可是，这么长时间过去了，还是一无所获，我有点沉不住气，难道自己最初的直觉根本不对？有时候，一种突如其来的坏心情袭来的时候，我开始怀疑，自己是不是像纳特一样,也被幻象引导,进错了门,在迷途里徘徊却浑然不知?

每当这种疑问袭上心头,我就坐立不安,反复质疑自己的出发点,奈斯毕特的烟斗是不是真的值得追究?当然我总有为自己开脱的理由:世上有多少疑团从未破解,而多少所谓的真相,一旦认真追究,还不照样是疑云重重,何况人生的真相?就说纳博科夫自己吧,他对自己笔下人物的命运,就完全清楚吗?再说,我碰到的难题更是难上加难,为了解开六个字母之谜,我不能不进入纳博科夫的叙述迷宫,不能不在他布下的各种陷阱里迂回行进。纳博科夫是个讲故事的高手,亦虚亦实,真假难辨,一旦落入他的迷魂阵,想破阵突围,谈何容易?我甚至开始怀疑,奈斯毕特手里的烟斗,会不会也是作者刻意设下的陷阱之一?

所幸的是,就在我一筹莫展的时候,李约瑟研究所的图书馆档案员的回信打开了我的思路,我脑子里开始出现一连串有意义的关联:沃丁顿—奈斯毕特的烟斗—剑桥大学—社会主义。顺藤摸瓜,几天后,我居然在大学图书馆里找到几张沃丁顿生前的遗照。这些照片全都显示一个酷爱烟斗的英国绅士形象:瘦高挺拔,嘴角衔着一只烟斗,眼睛犀利地注视着外面的世界,好像准备随时发问。而且,这个人有一副宽阔的额头,大概年轻的时候就显出早秃迹象，与我想象中的人物比较吻合：人到中年的奈斯毕特，本应该就是这个样子。

有了剑桥生物学家沃丁顿的生平和照片，我一下子信心倍增，把那些疑虑抛在脑后，又专心致志地投入新的探索。

沃丁顿手不离烟斗的形象已经确凿无疑，但是作为独立的证据，仅凭照片不够，还必须发掘更确切和更翔实的文献资料，要不然，我怎么能证明沃丁顿和奈斯毕特就是同一个人？问题是，当事人都已过世，有些关键的环节，早已消逝在历史的迷雾之中，永远无法复原，到哪里去寻找确切的证据呢？我担心这样寻找下去，可能永远没有结果。但间接证据会不会有用呢？我反复琢磨，觉得下一步恐怕只能从间接证据入手。因为以往的研究经验表明，蛛丝马迹常常是揭示真相的关键，我不能漏过哪怕是微乎其微的细节。

回过头重新审视奈斯毕特，他身上都有一些什么显著的特点呢？

当年奈斯毕特给纳博科夫留下一个深刻的印象，并不仅是因为他的烟斗，或者是他的列宁主义。这里还有一个关键点，那就是奈斯毕特与诗歌和文学的特殊因缘，这一点实在不该忽略，由此我获得一个新的突破口。

41

我很早就留心到,剑桥左翼科学家在知识趣味上常不拘一格,他们有点像二十世纪的文艺复兴人。贝尔纳、李约瑟、沃丁顿,这三个人都是英国皇家学会的院士,但他们各自的文学艺术修养极其深厚,绝不是浅尝辄止或者随意涉猎。这从他们的社会交往中也可见一斑:这几位科学家与欧洲前卫诗人和画家往来频繁,有些艺术家成为他们相当亲密的朋友。

有一天,毕加索来贝尔纳家做客,几轮葡萄酒喝过,毕加索兴致大发,拿起一支油画棒,在主人客厅的墙壁上运笔如飞,顷刻间完成一幅"壁画"。这幅画至今还在,几年前被英国的一家医疗慈善机构收藏。我查了一下,当年英国《每日电讯报》上,有一篇关于此事的报道,那篇报道的标题是《价值25万英镑:毕加索的一幅涂鸦》,文章开篇如下:

> 毕加索当年在墙壁上信手为之的一幅涂鸦,已被我国最大的一家医疗慈善机构收藏,成交25万英镑,此举不凡之处在于,它象征一个伟大的科学家和一个伟大的艺术家之间的精神交融。1950年11月毕加索在英格兰创作了这

幅绝无仅有的"壁画",那天他在一个朋友家中做客,这位朋友是英国上世纪最伟大的科学家,伯贝克学院的贝尔纳教授。

以上描述相当属实,沃丁顿也应该是在场的,并且亲眼看到毕加索的即兴表演,尽管我无法证实这一点。我的推论是,沃丁顿既然是贝尔纳的好友,而且对毕加索和前卫艺术家的活动了如指掌,那种场合怎么能缺少他呢?况且毕加索去英国访问,目的就是为了参加贝尔纳组织的世界和平运动大会,沃丁顿恰恰是这个运动的核心人物之一。

我的推论绝不是空穴来风,有一件事足以证明:不久前,我到艺术史图书馆去查资料,在书架上浏览,发现一本题为《表象之后》(Behind Appearance)的著作。作者名字即时叫我眼前一亮,沃丁顿!原来这是他晚年写的一部艺术史著作。在分工细密的现代世界,一名科学家写出一部艺术史的专著,闻所未闻。在开始的时候,我以为艺术是沃丁顿的业余爱好,写这样一本书,不过是过把瘾。但读完这本书后,我开始纠正自己的偏见。它绝非泛泛之作,不但立论平稳,材料扎实,具有强大的学术研究做支持,而且洞见多出,大有和艺术史专家一分高下的架势。奇怪,像沃丁顿这样重量级的科学家,整日忙于遗传学的实验,哪来的时间从事现代艺术史的研究?我百思不得其解。

除非——我忽然想到——除非沃丁顿是奈斯毕特,或者是类似奈斯毕特的那种人。

我的眼前再次浮现出奈斯毕特与纳博科夫站在壁炉前说话的场景。这两个朋友碰到一起,自然难免神聊,海阔天空,神游四方。讨论诗歌,固然是题中之义,其间也必定牵涉当代艺术,因为纳博科夫和沃丁顿生活在欧洲前卫艺术家最活跃的时代——不难想象,沃丁顿对欧洲现代艺术的观察和研究,可能是长期积累的结果,至少从他当剑桥大学本科生的时代已经开始,否则无法解释这个科学家为什么对巴黎的画家和诗人,尤其是他们的底细,如此知根知底,好像他自己就生活其间。

坦白地讲,我对欧洲的立体主义艺术一直心怀成见,每次去博物馆看现代绘画时,都小心翼翼地绕开毕加索和布拉克的立体主义作品,刻意地与它们保持距离。不过,读了沃丁顿的艺术史,我才明白自己在躲避着什么,这本书替我打开了一个心结。

一百年前的巴黎,蒙马特高地汇集了一批年轻、有才华的艺术家,他们来自欧洲各国。虽然大家手头拮据,温饱艰难,但波希米亚生活方式的无拘无束,让艺术家活得很开心。毕加索住在一幢外号叫做"洗衣船"的楼房里，房子破旧不堪，所以只要是不在工作室里作画，他总是和一帮艺术家朋友坐在咖啡馆或者小酒吧里鬼混。

这一天，蒙马特的狡兔酒吧来了一位名叫毛里斯·普林赛（Maurice Princet）的小伙子，毕加索热情洋溢地把普林赛介绍给自己的朋友。普林赛和这些不修边幅的穷光蛋艺术家截然不同。他一贯都是绅士打扮，只是喜欢和穷苦潦倒的艺术家打交道。他有个新婚妻子，叫艾丽斯，她当过毕加索的模特儿。不过，这个艾丽斯加入毕加索的艺术家朋友圈没过多久，竟跟着野兽派画家德兰跑了。

毕加索圈子的艺术家，个个佩服普林赛，因为他精通数学。杜尚还误以为他的职业是数学老师，其实，普林赛不过是巴黎一家保险公司的精算师，人聪明，对数学有钻研。有一段时间，普林赛几乎天天去找画家麦克斯·雅各布和毕加索，和他们讨论非欧几里得几何学与四维空间。

什么？非欧几里得几何学？毕加索半懂不懂，但他一下子牢牢记住了"四维空间"的说法。

普林赛对雅各布和毕加索说：欧几里得几何学见鬼去吧！古希腊数学早被超越了！现代数学——他这里指的是法国数学家昂利·庞加莱的相对论原理，而庞加莱和爱因斯坦都是相对论的先驱——有一个重大突破，它正在改变人们的时空观念，等等。听到这些新鲜思想的毕加索无比兴奋，他把普林赛的话马上转述给朋友阿波利奈尔（Guillaume Apollinaire），同时宣布，自己要着手在画布上做"新时空"观念的实验。

现代数学的重大突破！阿波利奈尔张着大嘴，好像明白，又好像不明白，究竟是个什么突破？虽然终究没有搞懂，但他和朋友毕加索一样，记住了"四维空间"这个陌生的新词汇。无论如何，它是一个激动人心的词汇。

普林赛加入艺术家圈子不久，阿波利奈尔把画家布拉克拉进毕加索的工作室，向他骄傲地展示毕加索刚刚完成的第一幅立体主义油画《亚威农的少女》——这幅名画在"立体主义"的命名被发明之前，就这样诞生了。站在毕加索的新作之前，布拉克被震撼了，并且从那一刻起，他也投身于这场要让现代艺术根本转向的立体主义运动，开始了他在立体主义世界里与毕加索争奇斗艳的艺术生涯。

蒙马特高地咖啡馆多，酒吧多，谣言绯闻也多。现代数学自然也难以逃脱被谣言化的命运。在这里，"四维空间"的数学思想，首先被狡兔酒吧的艺术家们发展成为奇谈怪论，然后被热心的阿波利奈尔拿去四处兜售——立体主义就这么进入了历史。

这一切都发生在1907年的前后。

沃丁顿的艺术史从阿波利奈尔说起，打开了理解巴黎前卫艺术的一个窗口。这个一贯喜欢装神弄鬼、故弄玄虚的诗人，不但曾经替前卫诗歌鸣锣开道，而且还是立体主义的保护神——有人说，超现实主义这个词汇也是他发明的，这个我很愿意相信。阿波利奈尔简直就是前卫艺术的缪斯、吹鼓手和新闻发布中心，集多重角色于一身。总而言之，如果有人断言没有阿波利奈尔，就没有巴黎的现代艺术，我觉得这倒不完全是夸张。

在我的总体印象中，诗人总是惜字如金的，但阿波利奈尔刚好相反，他写文章从不吝啬笔墨。一篇议论洋洋洒洒地写下来，天马行空，气势恢宏，一不小心就发挥过度。比如在他的理解中，四维空间"代表无限宇宙的永恒化，是无穷大的维度，四维空间使物体获得可塑性"，这是他的原话。原文晦涩难懂，翻译过来更是不知所云。读了沃丁顿的艺术史之后，我才明白，不是读者看不懂，而是诗人肆意发挥，把这个概念弄得越发深奥，以至连数学家都弄不清他在说什么，因而沃丁顿一针见血地指出，统统是nonsense，"无稽之谈"。

我读沃丁顿的艺术史之前，对立体主义虽有成见，但不过是跟着感觉走，随着自己的鉴赏趣味走。若仔细回想，自己鉴赏现代绘画的趣味是从哪里来的？我想来想去，还是与毕加索有关，也许根本就是毕加索帮我建立起来的，因为最让我着迷的是毕加索"蓝色时期"（1901—1904）的绘画，那些作品几乎件件都是杰作，犹如黑人音乐的"蓝调"，让人魂萦梦绕，回味无穷；尤其在夜深人静之时，幽魂般的蓝色形象会无意中飘然而至，深深地搅动你内心深处的忧伤。

每次去博物馆看现代美术展，但凡一碰到毕加索蓝色时期的作品，我都会长久驻足，心中反复萦绕着一个疑问：毕加索转向立体主义，是不是过早地告别了那个蓝色的幽灵？多么可惜啊，我一边为他惋惜，一边暗自责怪普林赛和阿波利奈尔在里面惹是生非。

42

纽约有一点像北京，城市又脏又乱，但人气极旺，因之愈住久，人愈安。自从把家搬到曼哈顿岛以后，我和一些老朋友恢复了联系，倒不是因为他们生活在纽约，而是因为无论是听音乐会也好，看展览也好，这些朋友喜欢找各种理由，跑到纽约偷闲几天。有一位朋友是经济史学家，我和她很多年前在同一个研究所共事一年，后来成为朋友，无所不谈。

我的朋友是尤太人——我故意不写"犹"字，因为这个字很可疑，它多半是明清之际基督教传教士引入的译名，借此把欧洲人的种族歧视和排尤主义植入了汉语。这也带来一个严重的后果：不知情的人可能望文生义，误以为"犹太"是中国人发明的译名。其实，以元代文献记载来说，涉及北宋时期最早来开封的尤太人，古人是把希伯来语的称谓音译为汉字"竹忽"或"朱乎得"，绝不是"犹太"。

朱蒂，是我这个朋友的名字。她研究新自由主义经济学很多年，对哈耶克（F.A. Hayek）理论的来龙去脉，做过很深入研究，是这方面公认的专家。2008年金融危机发生后，华尔街那些官商勾结的内幕被频频曝光，犹如屏幕上一幕一幕的电视剧，但在朱蒂眼里，这一切早已不是新闻，因为她知根知底。像朱蒂这样的尤太知识分子，我在美国学界和艺术界到处碰到，他们说话诙谐，喜欢自嘲，且言谈中总是多少带一点愤世嫉俗；只要看过伍迪·艾伦自编自导的那些电影，你就明白我说这些话的意思，因为伍迪·艾伦是一个地地道道的纽约尤太知识分子。

朱蒂回纽约探亲，自然要见一面。我陪她去MoMA（现代艺术博物馆）看《马蒂斯和毕加索》的特展，中午在咖啡厅休息吃饭时，我忽然想起沃丁顿，忍不住向朱蒂介绍起这位英国科学家对欧洲前卫艺术的研究，并且特别强调，是沃丁顿帮我解开了立体主义之谜。

没料到，朱蒂眉毛一扬，反问一句：哪一个沃丁顿？

我一愣，她也知道一个叫沃丁顿的人吗？我把 Conrad Waddington 的英文字母给她拼读出来，然后又补充一句，朋友们称他"沃德"。

朱蒂听完摆一摆手说：这个名字我知道，大名鼎鼎的沃丁顿，他是哈耶克的敌人。

我将信将疑，难道这个沃丁顿是孙悟空，竟也跑到经济学的领域大闹天宫？

不会吧？我们俩说的是同一个沃丁顿吗？我迟疑地问。

嘿，不就是那个剑桥帮吗？她笑着说，眉毛又俏皮地往上一挑。

贝尔纳他们？我试探道。

对。

还有李约瑟？

当然。

原来朱蒂对剑桥科学家的事迹一点也不陌生，她的博学再次让我刮目相看。临分手时，她嘱咐我，别忘了回头再看一遍哈耶克的《通往奴役之路》，在那本新自由主义的教科书里，哈耶克指名道姓地骂过沃丁顿。

哪里有那么巧的事？我受到强烈的好奇心驱使，回到家后立刻把《通往奴役之路》找出来读了一遍。果然,哈耶克点名批评了以沃丁顿为代表的英国左翼科学家,并且把矛头直接对准沃丁顿早年写的一本书,叫做《科学的态度》。

哈耶克为什么把英国左翼科学家当作敌人?我在《通往奴役之路》一书里找到了答案。原因是剑桥科学家主张"计划科学"——"计划"这两个字,恰恰是哈耶克不能容忍的东西,他由此认定这些人是"我们中间的极权主义分子"。他说,以沃丁顿为代表的英国左翼科学家"敌视西方文明自文艺复兴以来所代表的一切"。好大的一顶帽子!沃丁顿,敌视现代西方文明?这个说法让我吃惊不小。

一个经济学家,一个生化学家,隔行如隔山,怎么会成为冤家对头的?这里面肯定有一些不为人知的故事,以及所有故事所必需的情节和细节。

我老早就给自己立下一个原则:无论什么人,只要和二十世纪的剑桥学者有关,就不能轻易放过,都必须寻根究底,不放弃任何一个线索,哪怕是草蛇灰线。

43

于是,我开始搜寻相关的文献和材料,终于对其中的前因后果获得一些了解。二战刚结束的那几年,贝尔纳曾经在一些公开的场合警告说，人们对战后的世界不能过于乐观，必须警惕一种危险：美国政府在战后打着捍卫西方文明的旗号，在全球推行改头换面的法西斯主义。值得特别注意的是，贝尔纳并不孤立，同样作为声名显赫的世界知名科学家李约瑟和沃丁顿，也都做过类似的表达，也持有同样的观点。这恐怕是哈耶克不能容忍英国左翼科学家的真正原因。然而，在这种态度里，哈耶克是不是误解了剑桥科学家们的意思？如果批评美国政府或英国政府，就等于敌视西方文明，那么批评中国政府是不是就等于敌视东方文明？这在逻辑上似乎说不通。

不过，思前想后，我对哈耶克的境遇开始产生同情，因为他的思想和学说，在二战前后的思想界和学术界并未受到重视，可以说是孤掌难鸣，处境艰难。设身处地想，我若是哈耶克，我多半也会生出这样的苦恼：为什么在二十世纪上半叶，欧美国家最富于才华的科学家和经济学家都一律左倾，不是变成奈斯毕特，就是变成像奈斯毕特那样的人？为什么最出色的诗人、作家、导演、艺术家和知识女性几乎一律左转，即使不加入共产党，也纷纷变成社会主义的信徒？

有没有例外？当然有，纳博科夫的尼卡表弟就是其中之一。

尼卡表弟与诗人里尔克（Rainer Maria Rilke）在德国魏玛有过一次难忘的邂逅。但那次邂逅一点也不愉快，他们自始至终都谈不到一起，最后不欢而散。其实，两人不愉快的原因很简单，就是因为在交谈过程中，里尔克试图在这位白俄贵族的后裔面前，为列宁的十月革命做辩护，不料这正戳到了贵族后裔尼卡表弟内心的创伤——诗人不明白那个伤口始终没有愈合，而且也不可能愈合。

不过，这件事倒是从另一个侧面，印证了哈耶克年轻时所面对的红色知识界。

那是1922年初夏，当时尼卡和他的新女友兴冲冲地从柏林赶到魏玛，探望他们的朋友——收藏家兼欧洲现代艺术的旗手——凯斯勒伯爵。热情的主人当时邀请了几位艺术家朋友在他的魏玛庄园小住，而诗人里尔克碰巧在此养病，于是就有了作曲家和诗人那一次的相逢机会。尼卡表弟当年一度在作曲上初显身手，被认作是一个前途光明的青年作曲家，于是凯斯勒伯爵想介绍两位艺术家认识，岂料这两个人的交谈，一开始就话不投机。尼卡表弟后来对这次见面做了详细逼真的描述，情景大致如下。

里尔克浑身上下裹着一条苏格兰毛毯，蜷缩在三角钢琴对面的沙发上，不时地咳嗽。见到尼卡进来，他咧嘴一笑，有气无力地问：你是彼得堡人，还是莫斯科人，还是俄国其他什么地方的人？俄国的疆域真大，是不是？说罢，他又咧嘴一笑。

尼卡回答说：小时候生活在国外，后来在彼得堡长大，自己从没到过莫斯科。

里尔克听了大为惊讶：一个俄国人没去过莫斯科？真是少见！莫斯科是一个出类拔萃的城市，俄国人的圣地，很特别，和欧洲的其他城市都不一样，一半亚洲，一半欧洲。不过，你到底还年轻，今后会有机会去莫斯科的。

凯斯勒伯爵在一旁插言道：他已经在流亡中，几年前，俄国革命刚一爆发，尼卡就跟着家人逃离了俄国。

啊，里尔克点点头，我明白了。真遗憾，不过，你归根结底还是能回去的，因为我听说战乱终结以后，列宁政府已完全掌控时局，俄国社会正在发生迅速的变化。他们肯定会召你回去，俄国需要你这样受过教育的年轻人。

尼卡表弟有些不快地说，我跟我的母亲，加上我们一大家人全都是在1919年逃离俄国的，我们没一个人想回去。

沉默……

接下来，里尔克把话题转向俄国文学，谈起契诃夫、布洛克和马雅可夫斯基。过了一会儿，他忽然又说：我真不好意思这么强迫你，尤其是当我已经知道你的出身和敌意之后,不过,我一见到俄国人,总是忍不住问这个问题。

里尔克看着尼卡的目光忽然变得严峻起来,他说:我对列宁太好奇了,但我对他了解得很少。你是什么态度?你怎么看列宁?我总觉得——也许我的理解有误——他是——他肯定是一个——很了不起的人——我们这个时代的伟人。能不能告诉我,你怎么想?

尼卡表弟对里尔克的问话更反感了,他根据自己的亲身经历,对列宁本人和他的主张做了尖锐的抨击。就在尼卡的长篇大论行将结束的时候,里尔克忽地坐起身,揭开身上裹着的苏格兰毛毯,两只眼睛阴沉地盯着地板,拿起靠在沙发旁边的手杖,费力地站起身来。他在离开屋子前的一分钟,用眼睛盯住尼卡表弟,忽然冒出一句奇怪的话,那语气既疲倦又严峻。他说,感谢你让我有一次奇妙的斯拉夫体验。

这句话让尼卡感到莫名其妙。

难道是话里有话?

44

从尼卡的角度来观察,里尔克是诗人,因此他对列宁所领导的布尔什维克革命抱有不切实际的幻想,这可能不算稀奇。更大的奇葩是哲学家维特根斯坦，因为他直到二战之后，还一直梦想移居苏联，到那里去做什么？不是为了去苏联当哲学教授，而是要当劳动者。

说起来，维特根斯坦与剑桥大学的缘分比纳博科夫更深，他很早就加入剑桥人的行列，后来又自行脱离了这个行列。早在他出任剑桥大学的哲学教授之前，曾一时兴起，出资赞助过德语诗人作家，其中就有里尔克，里尔克曾为此写信感谢维特根斯坦，不过，两个人之间的缘分仅止于此。当时维特根斯坦的父亲刚刚过世，他和兄弟姐妹每人都继承了一笔巨额遗产。

不能不说这是一笔可观的遗产，因为他的父亲卡尔·维特根斯坦曾是奥地利的钢铁和矿业大王。他的母亲则有极高的音乐天赋和社交能力，这个家族对维也纳文化的深刻影响相当于美国的钢铁首富安德鲁·卡内基当年对纽约文化的影响，他们赞助过无数的作曲家和艺术家，而他们家在维也纳的豪宅，多年以来都是维也纳最重要的音乐沙龙。后来成为剑桥哲学家的路德维德·维特根斯坦（Ludwig Wittgenstein），是这一家最小的儿子，上面的几个哥哥和姐姐全都有音乐天赋，所不幸的是三个哥哥由于各种原因先后都自杀身亡。我想很多人都看过画家古斯塔夫·克里姆特所作的一幅题为《玛格丽特·斯通伯勒·维特根斯坦》的著名油画，这幅人物肖像画中的那位年轻女性，穿戴白色婚纱，身材修长，体态不失优雅，而她，正是维特根斯的亲姐姐玛格丽特。

意想不到的是，维特根斯坦名下的这份巨额遗产给他带来了精神上的烦恼——拿它怎么办？如何排除这个身外之物的干扰？左思右想，大概多少受到了托尔斯泰的感召，他决定放弃所有继承来的财产，一个人跑到奥地利山区去教小学，自食其力，以此为生。但是，维特根斯坦没想到，自己实在不适合当小学老师。他不仅过于严厉，而且还动辄体罚小学生，扇耳光、抽棍子，就连对女孩子也不手软，如此没过多久，搞得声名狼藉，最后落得一个狼狈的结局：被当地人逐出了奥地利山区的小学。

维特根斯坦和纳博科夫同在剑桥大学求过学，两人的求学经历十分不同，一个是三心二意，另一个是特立独行。他们几乎属于两个截然不同的时代，因为中间隔着第一次世界大战的鸿沟。这种不同，还表现在维特根斯坦的执念：一旦认定一个目标，不弃不舍。早在1911年，他由于慕着哲学家罗素的大名，专门跑到剑桥的三一学院去听这位大哲学家的课。这两个人的第一次见面，成为盛传于哲学界的一个著名故事。罗素后来回忆他们的见面场景，准确地描绘了维特根斯坦这个人。

那天，罗素正在办公室和人喝茶，忽有一位素不相识的德国年轻人登门来访，进门就声称要和罗素教授谈谈哲学。他的英语讲得结结巴巴，却固执地不用德语和罗素交谈。行为如此冒昧的青年人，自然不是别人，只能是不知道冒昧为何物的维特根斯坦。罗素后来发现，这位新来的陌生人是奥地利人，不是德国人，而当时维特根斯坦已经在曼彻斯特大学读书，专业不是哲学，而是航空工程学。

其实，维特根斯坦是有备而来，因为他对罗素的著作早已烂熟于心，而且也开始有了自己的哲学抱负。他到剑桥访问的真实目的，是想从罗素嘴里讨一个说法：自己未来适合做什么？到底是做哲学研究，还是航空工程学？要是有人——最好是罗素——能直白地告诉维特根斯坦，他是个哲学白痴，那他就心安理得地继续从事自己的航空工程学。但假如罗素判断他是个哲学天才，那他将毫不犹豫地投身哲学……

罗素听完他的这一番陈述后，惊讶得合不拢嘴。最后，他对维特根斯坦说，那就先写一篇东西给我看看吧。几个月过后，维特根斯坦交上一篇数理逻辑的论文，罗素看完后，拍案叫绝：此人是哲学天才！维特根斯坦真是个幸运儿，想一想，世界上有多少天才，由于没有遇到自己的伯乐而夭折？

不过，我更想说的是，维特根斯坦无疑是一个哲学奇才，然而在那个年代里，他也像诗人里尔克那样，对列宁领导的十月革命有强烈的向往，这不能不叫人诧异，所以我觉得他才是剑桥人里最大的奇葩。事实上，这个欧洲首屈一指的钢铁大王的小儿子，视金钱如粪土，无论走到哪里，他住过的屋子都简朴到只有一张书桌、一把椅子和一张小床，很像是返回中世纪生活的一个修道士，一个身体力行的苦行僧。这位苦行僧在当上剑桥哲学教授之前，常常没有固定的收入，也没有固定的居所，到了实在生活拮据、走投无路的时候，就不得不写信四处求援。罗素、凯恩斯和其他的剑桥朋友，都收到过他的求援信。每一个人都伸出手，有人帮他找工作机会，有人还请他到自己家里去住。

在很长的一段时间内，维特根斯坦都怀揣着一个梦想，希望能搬到苏联去住。直到二战结束，他在决定辞去剑桥的教授职位的时候，仍在考虑搬到苏联去度过余生的可能性，但这一计划终究未能付诸实施。维特根斯坦心里面究竟是怎么想的？我们无从了解。为什么他后来毅然决然地辞去剑桥大学哲学教授的位置？为什么他异想天开地要去红色的苏联做一个普通劳动者？他真的是为了体验与他所熟悉的世界都迥然不同的新生活，还是耽于某些不切实际的幻想？我脑子里出现了很多疑问，又感到无解，即使把他遗留的文字再仔细翻阅一遍，也找不到一个清晰可信的答案。

唉，梦想，我何必要去寻找一个人做梦的理由呢？

45

如果对当年的文献做些研究，其实不难发现，对二十世纪的知识分子来说，不左不右的道路选择，几乎是不可能的，因为你不可能真正中立，除非你甘愿充当异类。不管出于什么动机，纳博科夫本人死活不愿意沾政治的边，比起尼卡表弟，比起里尔克，他是一个十足的异类，维特根斯坦也是十足的"异类"。

我用"异类"这个词，而不用"中立"来描述他们，因为这里的"异类"指的是某种生存的状态，某种无法选择的生活困境，它比"中立"更准确。不过，属于"异类"的人毕竟是极少数。我们仔细考察奥威尔或库斯勒（曾著《中午的黑暗》）等人由左到右的政治变节，就能看明白，在那个特定的时代，尤其是斯大林上台以后，西方知识分子无论从左到右的变节，抑或从右到左的变节，不仅多有发生，而且相当普遍。但是纳博科夫或维特根斯坦会变节吗？似乎不大可能，这个问题对他们来说没意义。

第一次发现尼卡表弟的真实身份时，我倒抽了一口冷气。尼卡表弟，一个甘愿为中情局服务的作曲家？简直不可能！我清楚地记得那张黑白照片，尼卡表弟和纳博科夫 1974 年在蒙特勒宫酒店里的合影：两个人面对面坐着，镜头聚焦了他们的侧面，背景是那扇略显模糊的威尼斯玻璃窗。神秘的尼卡表弟，他和纳博科夫聚在一起的时候会不会透露他主持的文化自由议会（Congress for Cultural Freedom）的工作？譬如，纳博科夫是不是知道，尼卡表弟成功策反了著名波兰诗人米沃什（Czesław Miłosz），为西方世界塑造了第一位来自社会主义阵营的持不同政见者？这都是尼卡表弟在冷战期间主持的工作，背后就是中情局。

相比之下，纳博科夫这个"异类"，一边痛恨高尔基和苏联的社会现实主义，一边又瞧不起右翼作家。他在 1959 年为《邀请砍头》一书写的自序里，把奥威尔斥为"只会替概念插图、搬弄新闻故事的人"。我初读这句评语的时候，吃了一惊，但仔细一想，倒也不奇怪，也只有纳博科夫，才能如此出口不逊。宁可孤芳自赏，也绝不依附权势，这是纳博科夫的姿态，是他坚持了一生的异类姿态。他这样做当然不是没有代价，结果所有的权势都不买他的账。这可以由以下的事实来证明：无论是左翼还是右翼，凡是有权有势的文学机构，都拒绝给他发奖，尽管纳博科夫的读者和"粉丝"可能比谁都多，遍及全世界。

在互联网上，至今可以看到各国"粉丝"的愤懑：比纳博科夫逊色很多的二三流作家都得了诺贝尔文学奖，这是为什么？瑞典学院评奖委员为什么单单把这个一流作家遗漏了？我猜想，真实的原因往往说不出口，因为它与文学无关。而纳博科夫的眼里只有文学，他在剑桥与奈斯毕特能够成为朋友，是因为他们共同热爱文学，两人不断争吵，那是因为奈斯毕特崇尚列宁和俄国革命，纳博科夫不能容忍这个社会主义信徒的政治态度，尽管他的理由与尼卡表弟的理由完全不同。

46

我经常想，奈斯毕特这个谜如此费解，到底为什么？

记得纳博科夫的书里有一句话，给我的印象很深。他说，一个死结再难解，无非是绕成一团的线，慵懒而优美的线；人的肉眼能看清那一圈又一圈线的缠绕，但笨拙的手指却怎么也解不开，弄不好还会出血。奈斯毕特可能就是这样一团线，而它的线头在哪里？

明白一个道理是一回事，但做起来又是另一回事，我很快就体验到自己的眼睛和手指多么笨拙。

哈耶克和沃丁顿之间的冲突，固然和我关心的"剑桥帮"有联系，但毕竟不能提供多少直接有用的线索，甚至也不能提供什么间接有用的证据。我还得重新研究沃丁顿。不过，当我仔细看这位科学家的生平传记的时候，蓦地呆住了，好像被人当头棒喝：原来沃丁顿在剑桥大学毕业的年代是1926年。比纳博科夫晚了好几年，这意味着，他们不可能是同窗，沃丁顿因此也不会是奈斯毕特面具背后的人。

我再一次陷入六个字母之谜，一个难以破解的困境。

我不明白的是，一个如此明显的细节，为什么被我忽略了？说来说去，只怪自己太粗心大意，我为了找到手执烟斗的奈斯毕特，结果被沃丁顿手执烟斗的视觉形象误导了，从而忽略了一个关键的日期。

我忽然想起《塞·纳特的人生真相》里的那只金黄色的大橙子，每次读到它滚落下来，砸在纳特的脚上，我都拍案叫绝，把这称作纳博科夫的神来之笔。没想到，如今自己也一脚踏入纳特的心理轨迹，不是被一只橙子，而是被突然滚落的"1926年"重重砸了一下。

奈斯毕特呀，奈斯毕特，你究竟是谁？

在我几十年的学术生涯里，经常有各式各样的难题出现，有时候，一个小小的字眼都会构成巨大的路障，多少天都像遇到了"鬼打墙",走了多少路,其实都是原地打转;可是一旦绕开旧路,另辟思路,就可能视野大开,远方出现一道绚丽的风光。

为了自勉,我把清人袁枚的一首五言绝句工工整整抄录下来,贴在书房的墙上:

> 雨过山洗容
> 云来山入梦
> 云雨自来往
> 青山原不动

47

冬日悄然而至,给天空渐渐蒙上一层惨淡的灰色。

从我住的公寓楼往下望去,街上车流如注,行人匆匆,唯独路旁矗立的橡树纹丝不动,光秃秃的枝丫直刺天空。

临近感恩节的一个清晨,雪花漫天飘舞,恍若暮春飞絮。一场大雪奇迹般地淹没了都市的喧闹。及至傍晚时分,路面已经落了一层厚厚的积雪,我踏着积雪,匆匆赶到艺术学院去听一个电影讲座。一星期前,我偶尔经过艺术学院的布告栏,被一个醒目的讲座预告吸引住,停下细看,讲座内容与电影《公民凯恩》和美国报业垄断史的历史有关,我于是决定去听这个讲座。

雪夜的讲演叫我大失所望,主讲人过于沉溺电影史自身的发展,对《公民凯恩》的讨论和分析则流于一般,缺乏新意。不过,听这个讲座不是全无收获,那位学者在讲述美国独立制片电影的过程中,不经意地提起这样一件事,他说《公民凯恩》的导演奥逊·威尔斯(Orson Welles)的名字,一度出现在乔治·奥威尔交给英国谍报部门IRD(Information Research Department)的黑名单上,并且,奥威尔不但把韦尔斯写进黑名单,还在他的名字旁边打了两个问号,这个细节重新引起我的注意。

奥威尔的名字就像一把神秘的钥匙,重新打开了我的记忆之门,把我带回到几年前在剑桥大学圣约翰学院高桌用餐的情景。那天晚上,M教授第一次提起奥威尔的黑名单,他向我转述了英国《卫报》发布的那条爆炸性的新闻。从剑桥返回纽约后,我曾经花了不少时间,把奥威尔的黑名单找来研究。除了前面提到的有剑桥背景的科学家,我没有发现更重要的线索。事后,我把奥威尔这人连同他的黑名单,都暂时放下了。

电影讲座刚一结束,我立刻匆匆赶往家中,一直不停地惦记着奥威尔笔记本上的那个名单。路上的积雪被人踩踏得坚硬无比,我在昏黄的路灯下一路疾走,一步一滑，最后终于到家。

进了家门，我迫不及待地甩下湿漉漉的靴子，径直奔向书柜最下面的一格，那里藏着我前几年复印的一大摞文件。我在这些复印文件中来回翻找，十多分钟后，终于把奥威尔的黑名单从里面抽了出来。果然，奥逊·威尔斯的名字赫然出现在这份名单上。

48

二十世纪举世轰动、旷日持久的小说只有两部，一部是《一九八四》，另一部是《动物庄园》，都不是作家公认的好作品。但这两部政治寓言小说使得英国作家乔治·奥威尔声名大振。奥威尔的真名艾力克·阿瑟·布莱尔（Eric Arthur Blair）早已被人忘记，而他的笔名却被纳入普通英文词汇，成为"极权主义"的代名词Orwellian。

我所教过的美国大学生和博士生中，没有读过笛福的《鲁滨孙漂流记》和托尔斯泰的《战争与和平》的人是绝大多数，但是没读过《一九八四》或《动物庄园》的人，真可谓寥寥无几。

作家的命运往往很诡异，能不能写出举世轰动和经久不衰的小说，取决于多重复杂的因素，有时作品的好坏还不是最关键的。比如奥威尔，他的《动物庄园》写成后，出版过程极其曲折，一度到处碰壁，书稿在大大小小的出版社旅行，又被大大小小的出版社先后退还。

想当初，他的报告文学《通往威根码头之路》，是由出版家维克多·郭兰兹一手策划出版的。其实，郭兰兹也是最早鼓励奥威尔走上写作道路的人，后来就连这位朋友也拒绝出版《动物庄园》，理由是奥威尔的政治寓言写得过于粗糙，文学上不成功。公平地讲，郭兰兹是伦敦著名的左翼图书俱乐部的发起人，政治立场和亲苏态度肯定多少影响了他的判断力，他看不上《动物庄园》或许和这些背景有关，我发现郭兰兹的名字后来也被奥威尔写入黑名单。

但无论如何，在1944年让奥威尔最为苦恼的，还是艾略特和燕卜荪分别写给他的信，这两个人不留一点情面，言辞直白，他们指出《动物庄园》有许多漏洞和不合情理的地方，是一部失败的作品。艾略特和郭兰兹不同，他是著名的右翼保守派，燕卜荪本人也不是左翼作家，因此这两个人对《动物庄园》的否定，对奥威尔来说更是雪上加霜。

但接下来，事情就变得迷离扑朔起来，甚至有些神神秘秘。既然奥威尔的文学同行一致认为《动物庄园》

写得不好，出版社都不愿意接手，那么这部书稿是如何转眼变成了铅字的？更何况，书稿变成铅字远不是故事的结束，它还被译成多种文字，改编成动画片，几年之内风靡世界，和奥威尔的另一部小说《一九八四》并驾齐驱，成为二十世纪流传最广的文学作品。直到 2005 年，美国《时代》周刊还把《动物庄园》推崇为一百部最佳英语小说之一，《大不列颠百科全书》还将其划入西方世界的伟大经典。

这个奇迹到底是怎么发生的？

我平时爱读侦探小说，喜欢那些设计精巧的奇诡故事和情节，可当我自己深入研究奥威尔的文献，特别是近年陆续曝光的有关档案，我所受到的心理冲击已经不能用"惊讶"两个字去形容，原来其中的奇诡和奥妙不仅超越了侦探小说，而且让人联想起近来时常遭人抨击的阴谋论。但这个故事绝不是阴谋论，现有的档案材料证实，正当《动物庄园》的书稿处于绝境的时候，突然出现一个强劲的幕后推手。主要因为英国谍报部门 IRD 开始对它发生兴趣，并且及时伸出他们的援助之手。IRD 与军情六处有直接的联系，他们动用的是国家资源，自然无往而不利。《动物庄园》这本书很快印成铅字，并且和《一九八四》一道，被译成了俄语、法语、德语、阿拉伯语、中文等几十种语言文字，批量印刷，全球普及。

于是，一部失败的小说摇身一变，变成西方世界的伟大经典。

这一成就难道不足以让艾略特、燕卜荪和纳博科夫三位大家无地自容吗？

这种事情听上去像传奇故事，就连我自己一开始也将信将疑。后来读了《文化冷战与中央情报局》，我才恍然大悟，才知道那是事实，不承认也不行。那本书作者名字叫桑德斯，她的英文原书标题叫 *The Cultural Cold War: The CIA and the World of Arts and Letters*，虽然已被译成中文出版，却很少有人问津。桑德斯在这本书里披露，冷战开始之后，英美谍报部门实行了全方位的运作，无所不用，无所不能，其中包括赞助出版社，渗透学术机构，成立所谓的"门面"（front）出版社，举办文学艺术节，大搞评奖活动，可谓竭尽全力。最让我无法理解的做法是，西方谍报人员竟然从艾略特的《四个四重奏》的诗篇里读出微言大义，先是慷慨出资，把它译成俄文，然后动用飞机把这首诗以撒传单的方式，空投到苏联境内！

一首诗受到如此隆重的待遇，恐怕在世界诗歌史上也空前绝后。不过，奇怪的是，艾略特的这首诗我读过很多遍，至今也看不出它的微言大义在哪里。

桑德斯统计过，IRD 和美国中情局策划出版的文学作品、期刊和学术著作,加起来足有几千种,其中以小说《一九八四》和《动物庄园》最成功,此外还包括吉拉斯的《新阶级》、米沃什的诗歌翻译集、索尔仁尼琴的《伊凡·杰尼索维奇的一天》等众多作品。

读到这里,我忽然忆起,中国的"文革"期间被称作"黄皮书"和"灰皮书"的外国译著,其中相当一部分不也都是这一类出版物吗?我读到很多人的回忆,他们都说外来的"黄皮书"和"灰皮书"通过地下传播的渠道,从北京传到全国,影响了整整一代中国人的思想。

历史的小径竟是如此幽深曲折。

49

奥威尔的故事还没有完。

冷战结束以后,一些罕为人知的内幕陆续曝光,1996年,英国谍报部门IRD的部分档案开始解密。解密后的文件刚被送到英国国家公共档案馆,英国《卫报》的一名记者就马上跑去审阅。记者在编号为FO1110/189的活页夹里,发现了一份奥威尔在1949年向IRD秘密递交的黑名单,上面罗列了欧美两国进步人士的名字,既有共产党人,也有共产党的同路人,其中的三十五人的名字,最先被媒体披露出来，这批名单当初是奥威尔在医院养病时交给他的女友西莉亚·克宛（Celia Kirwan）的。克宛是 IRD 的谍报人员，奥威尔一直在苦苦追求这位美女，尽管他的追求不顺利，连求婚也被拒，但是他依然迷恋这个女人。当克宛告诉奥威尔，IRD 需要搜集情报来对付斯大林和苏共的时候，他欣然同意合作，并从此开始了他在西方知识分子中的双重生涯。

奥威尔与英国谍报部门合作的内幕一经曝光，惊动了欧美知识界和他的众多"粉丝"，一时间舆论哗然，奥威尔凭借谴责极权主义所占据的道德制高点，忽然之间变得岌岌可危。

然而，即便如此，奥威尔所代表的的道德危机还没有到达高潮，因为 1996 年被揭出的"黑名单"还有后续。七年之后，又有记者发掘新的证据，发现奥威尔有一个不为人知的笔记本，这个本子长 19.8 厘米，宽 16.5 厘米，里面写了密密麻麻的小字。奥威尔在这个笔记本里，按照字母顺序排列了一个很长的名单，从 A 到 Z，共一百三十五个人。每个姓名旁边都写有批注，表明这个人是 CP（Communist Party 共产党），那个人是 FT（Fellow Traveler 同路人），这个人是尤太人，那个人是爱尔兰人，等等。真相大白，原来这个笔记本才是早先被披露的黑名单的真正来源。

上天不负有心人。奥威尔的"黑名单"一旦重新进入我的视野，我立刻就有一个直觉，它和我对六个字母之谜的追索说不定有关，甚至，也许它能为我提供有助于揭开谜底的关键线索。

我把奥威尔的笔记本上一百三十五人的名单从头到尾分析了一下，惊讶地发现，这些人中不但有科学家、作家、剧作家、导演、演员、学者、记者，甚至还有外交官和美国政客（副总统）等，其中很多名字都为大家所熟悉，例如：

贝尔纳（物理学家）

卓别林（电影演员）

萧伯纳（剧作家）

辛克莱（小说家）

斯坦贝克（小说家）

布莱克特（物理学家，1948年诺贝尔奖得主）

亨利·阿加德·华莱士（第三十三届美国副总统）

奥逊·威尔斯（《公民凯恩》导演）

迈克·雷德格瑞夫（演员）

埃德加·斯诺（记者）

安娜·路易斯·斯特朗（记者）

J.B.普利斯特利（剧作家/小说家）

保罗·罗伯逊（歌手/演员）

索利·朱克曼（生物学家，师从贝尔纳）

连姆·欧弗拉赫提（小说家）

维克多·郭兰兹（出版家，左翼图书俱乐部发起人之一）

戈登·柴尔德（考古学家）

胡雷特·约翰逊（坎特伯雷教长）

塞希尔·戴-刘易斯（爱尔兰桂冠诗人）

约瑟夫·迈克里尔德（作家、BBC主播）

菲奥雷洛·亨利·拉瓜迪亚（纽约市长）

珍妮·佛兰娜（《纽约客》驻巴黎专栏作家）

芙丽达·柯其威（《民族》*The Nation* 周刊主编）

…………

上面摘出的二十几个人的名字，仅仅是冰山的一角。

仔细分辨一下，在这些人当中，剑桥大学教授和具有剑桥本科背景的人就有四位：贝尔纳、布莱克特、普利斯特利，还有雷德格瑞夫。

那么，这四个人当中谁最有可能是奈斯毕特？

我大胆猜测，奈斯毕特若真有其人，他免不了被奥威尔写入黑名单。当然，我也不能排除有漏网之鱼，比如，我在笔记本里就没有找到李约瑟的名字，觉得很奇怪。来回复查几遍，真的，李约瑟名字不在里面。

这样一来，事情就变得十分蹊跷。李约瑟和贝尔纳都上过美国中情局的名单，由于这个原因，战后当他们应邀去美国大学讲学的时候，签证被拒，不能如期前往。这在奥威尔的黑名单被公布之前，已经是公开的秘密。令人费解的是，奥威尔不但认识李约瑟，熟悉他的政治倾向，而且两人之间还有不少的通信往来，二战期间，奥威尔在BBC广播电台主持"人声"（Voice）节目时，李约瑟、贝尔纳、艾略特、燕卜荪、小说家E. M.福斯特都曾被邀请做他的嘉宾，结果是，贝尔纳上了他的黑名单，李约瑟却成漏网之鱼。究竟是怎么回事？这是奥威尔的疏忽，还是另有一些不为人知的秘密？

50

在一连串的蛛丝马迹之中，我偶然发现奥威尔在BBC广播电台工作的那些年里，与很多作家有往来，《大公报》的记者萧乾碰巧也在英国，认识不少英国作家，我由此猜测，他们两人在二战期间说不定也打过一些交道。

这里有没有一条新的线索可探寻？

为什么会想到萧乾？那是因为有一天深夜，我把电视机打开，正逢公共电视频道在播放纳粹德国空军轰炸伦敦的纪录片，看着伦敦的男女老少井然有序地走进地铁防空设施的画面，我忽然想起萧乾的伦敦日记，那是我多年前读过的。于是我推想，萧乾在英国的那几年，他和奥威尔相识吗？

这个突发奇想，在我的脑子里虽然只停留了一瞬间，但萧乾这个人，还有他的书，在我的记忆里犹如一幕幕戏剧一样活跃起来。他的回忆录很精彩，对我特别重要的是，他在书里讲了不少英国作家和知识分子的轶事，几乎所有活着的英国作家都进入过他的视野。萧乾不仅和 E. M. 福斯特建立了特殊的情谊，就连奥威尔黑名单上的英国作家——普利斯特利——也被他记上了一笔。

我读萧乾，总被他书中的细节所吸引，一只狸花猫的眼神，汽车上遇到的醉汉，还有泰晤士河上漂浮的士兵尸体，在尸体肿胀的背上刺有"我爱娜拉"的字样，还刺有一颗被锁链缠绕的心……这些转瞬即逝的历史碎屑，都被他用文字织成一幅幅鲜明的图画，让人难忘。也正是由于萧乾对细节的重视，我才知道敦刻尔克之役之后，普利斯特利在 BBC 无线电台播放的节目多么鼓舞士气，影响多么深远。

我忍不住又生感慨，同样在伦敦，同样在剑桥，尽管前后相差十几年,为什么萧乾的眼睛看到的那么多?徐志摩的眼睛看到的那么少?

为了弄清萧乾和奥威尔是否打过交道,我开始细致地梳理萧乾的生平,发现从1939年到1944年之间,他活动的半径大致就在伦敦和剑桥之间。他先是应聘在伦敦大学的亚非学院教中文,后来被剑桥大学国王学院录取,读英国文学硕士。1942年,萧乾首次身披黑袍、头戴方帽进入剑桥大学国王学院,开始真正体验"牛桥"的生活氛围。

萧乾被分配到D2号宿舍,D字是剑桥宿舍楼梯的编码。对穷孩子出身的萧乾来说,这个宿舍套间简直奢侈无比,不仅书房和卧室的家具配套齐全,舒适宽敞,并且壁炉两旁都是书架,沿三面墙摆开的沙发和软椅,一次可坐十几位客人。书房东窗正对国王学院的教堂,早晨隔着大草坪望去,教堂的影子在绿茵茵的草坪上拖得很长。

大学的草坪尽管很惬意,但是一个人想要在上面走一走,那可不容易。在当时,剑桥大学有明确规定:没有获得学士头衔的学生以及所有的女性,都不得脚踏青草横穿草坪;男性研究生的待遇略高一等,他们有资格擦着草坪边缘行走;教授的待遇最好,可以大阔步从草坪中间穿过。

纳博科夫1919年入校时住在三一学院主院,宿舍的楼梯编号是 R 字，6 号房间，不过，他的经历和萧乾的感受几乎相反。对贵族出身的纳博科夫来说，在剑桥上学的那几年简直和异地流放相差无几，其中让他最不高兴的事，就有穿越草坪的麻烦——好几次被斋务长或稽查员（被学生称作"斗犬"的管理人员）记过，原因只有一个，不遵守纪律，故意横穿草坪，罚款。

这里不能不提一句，小说家弗吉尼娅·伍尔夫也有过类似的经历。有一次，她穿行在剑桥大学的草坪上，忽见一个身穿制服的人使劲冲她摆手，满脸气急败坏的样子。伍尔夫立刻明白自己犯了忌，赶忙转回到石子小径上绕行。其实，当年伍尔夫在剑桥碰到的不痛快，不止于此，连剑桥大学图书馆，也都有种种禁忌，那时候，这些地方只对男性开放，包括本科生中的男生，而女性——假若没有院士的陪伴或没有携带介绍信——对不起，大学图书馆也是性别禁区。

有一回，伍尔夫被一个彬彬有礼的看门人挡在剑桥大学图书馆大门外，她的气恼可以想见。多年后，我去剑桥大学图书馆的英国海外圣经公会档案部查资料，由于另外的原因也被挡在门外，当时的心情并无两样。伍尔夫后来用作家的方式实行了报复，在《一间自己的屋子》那篇长文里，她把"牛桥"的这些陈规陋习都写进去，其中特别提到"地盘"（turf）是有性别属性的。其实，特权意识多多少少都和地盘的把持有关，比如允许谁进入，不允许谁进入等。这一类的划分既简单，又复杂，很难想象性别等级的维系能独立于充满禁忌的地盘划分。儒家常说的女主内、男主外之类的话，也属于这一类性别化的地盘划分。一旦把地盘划分清楚了，身份高下之分的秩序也就容易维系了。

51

不过认真追究起来，事情似乎比这还要复杂。对于"牛桥"人来说，有规矩，就有破坏，而规矩就是专门用来破坏的。萧乾在剑桥大学，属于胆子小的那种人。他刚入校的时候，在国王学院餐厅遇到一个英国纨绔子弟，言谈之中，这位同学教唆他夜间出去鬼混。

萧乾问，夜间学院的宿舍大门上锁，怎么办？

很好办。那人一口气向他介绍三十种翻院墙的诀窍。

萧乾不但不感谢这位同学，反而一本正经地反驳说：我从小不会上房淘气，更不想在这里惹是生非。

后来，他在回忆录里将这些细节都如实记了下来，同时也记载了贵族子弟调皮捣蛋、惹是生非的其他生活细节。看来破坏规矩也是贵族阶层的特权。

纨绔子弟恶作剧的传统在"牛桥"屡见不鲜。一天早晨，萧乾出门，看到国王学院旁边的大学评议会大楼的旗杆上，高悬一辆自行车和一件粉红色的女内衣，路人纷纷驻足观看，赞叹干这种勾当的人本领高强。学校当局一时束手无策，一直等到下午，才找到能手爬上去，取下半空中的展览物。还有一次，萧乾的宿舍楼有一位同学以熟睡闻名，一天夜晚，有恶作剧者把草坪上放牧的一匹马牵进这个同学一楼的卧房，等他早晨睁眼的时候，才发现房间里有一匹马正不安地在地上转悠，再一看地板，四处撒着湿臭的马粪。

萧乾的人缘好，在英国交友广泛，朋友圈子里既有作家和科学家，也有各行各业的人士。如果钻进他的纵横交错的社交网络，在那里面仔细寻觅，说不定我能有新的发现。翻检萧乾的材料越多，对这一点，我就越有信心。譬如《黑色的雅典娜》的作者小贝尔纳回忆说，萧乾是他的父亲老贝尔纳和母亲玛格丽特的朋友，并且他在五岁的时候，曾见过萧乾，这位中国作家送了一本书给他，书名叫《中国不是契丹》。小贝尔纳当时不识几个字，萧乾为什么送给孩子一本自己的英文著作？他究竟是怎么想的？我们不得而知，但是小贝尔纳长大以后，在剑桥上大学，选修中文课，后来去北京大学进修，说不定就和那本《中国不是契丹》有关。

52

有一天，我在检读《萧乾全集》第五卷第四章的时候，眼前蓦然跳出一句话，开始我还以为是幻觉，但定睛一看，上面明明写着："公司远东组组长乔治·奥威尔还邀我对美国及印度做过文学范围内的专题广播……"我迅速判断，这里的"公司"指的是BBC英国广播公司，所谓的专题广播就是奥威尔主持的电台节目"人声"。这么说，萧乾确确实实和奥威尔打过交道。

这是一条非常重要的线索。接下来，落实证据并不难，因为奥威尔的信件和日记早已被人整理出版，都是公开的文献。我迫不及待地找到这些信件，按照日期搜寻，很快发现奥威尔写给萧乾的几封信。有些通信是奥威尔保留下来的副本，日期在1942年1月和3月之间，大致内容是邀请萧乾撰写有关中国当代文学的广播稿，以及有关节目的档期安排等等。由此我可以断定，萧乾参加的专题广播无疑是奥威尔主持的那个"人声"节目。

奥威尔的书信集里，有一封短信显得诡异，它明显出自奥威尔的手笔，但落款处并无署名，日期为1942年3月31日，此信译成中文如下：

亲爱的萧乾：

3月29日来函收悉，多谢。你能在那两个截稿日之前完成，让我感到欣慰。至于中国的政治史，你尽管畅所欲言，因为在我们这里还没有出过什么麻烦，讲什么都不会开罪于人。至于印度，那可是一个棘手的话题，但正如你所说，并没有特别的理由将有关印度的内容插在这里。

奥威尔为什么会提印度？印度为什么是一个棘手的话题？这些闪烁其词的文字后面，是不是隐藏着某种政治风险？可惜，萧乾的回信没有存档，不过，他在自己的回忆录中提到，有一次他的广播稿由于触及敏感的政治话题，遭到了BBC广播电台的审查：

> 在那篇广播稿中，我谈到了中印两个古国的友谊，对印度独立运动明确地表示了同情。
>
> 我照例事先把广播稿译成英文，提前一天送往电台，过不多久，电台就派专人把我的广播稿送回，并附了一信，委婉地要求我把有关印度独立那段删掉，改用他们另写的一段。
>
> 评论既然是用我个人名义播的，我想这个做法不合情理，于是，我写了一信，大致是说，如果英国国王陛下政府要就印度问题有所评论，他们尽可以用自己的名义去发表，我无意充当国王陛下政府的代言人。

信写好，我就比规定的广播时间提前一个钟头去英国广播公司，把它交给楼下接待室就回了家。

听说那段时间他们改播送了音乐。

原来如此。1942年，印度独立的话题对英国官方还是一个禁区。谁能想到，短短五年之后，印度即摆脱英国殖民统治，实现了国家独立。我弄不清楚萧乾提到的广播稿是哪一篇？这恐怕很难澄清，此事中谁是谁非，也终究难以判断。麻烦的是，不仅这个问题难以澄清，接下来的研究又让我大失所望，因为萧乾和奥威尔之间的通信没有透露出更多的细节。尽管普利斯特利的名字在某个地方被偶尔提到，但只是一笔带过而已，除此之外，我没有在萧乾的人际网络中找到更多的线索。

奈斯毕特依旧是一个谜。

无奈中，我强迫自己把注意力再次转到奥威尔的笔记本上来。

53

在很长的一段时间里，我像着魔了一样不断地推敲奥威尔笔记本里的黑名单，这里面不乏剑桥大学背景的人。要是不算电影演员雷德格瑞夫，名单上至少还有三位和纳博科夫同一年进入剑桥大学，成为1919级的本科生。这三个人是布莱克特（Patrick Blackett），普利斯特利（J. B. Priestley），还有贝尔纳。对比这三个人，由于证据的缺乏，我已经把贝尔纳的名字排除在外，目前只剩下布莱克特和普利斯特利，前者是物理学家，后者是小说家和剧作家，他们两人在剑桥读书的时候，一个学理，一个学文，都是1919年进入剑桥大学的本科生，奈斯毕特说不定是这两个人中的一个。我用拆字法的逻辑进一步推想，尽管NESBIT拼写中的B字与贝尔纳没有缘分，但它未必不是布莱克特的名字Blackett中的B字，而普利斯特利的名字拼写既没有B和N，也没有S和T，我犹豫再三，是不是应该把他也排除在外呢？

我的笔记本空页上横横竖竖写满了1919，书桌上的白纸正面和反面也写着1919，这个下意识的动作不断重复，而我心中期待的灵感迟迟不来，我越发焦虑，是不是自己的拆字法变得不灵验了？

最后剩下的这两个人，可能是谁？布莱克特吗？

月球上有一座环形山，它以布莱克特命名，这足以说明剑桥的这位物理学家的重要性。初看布莱克特的照片时，我得到的第一印象是，身材瘦高，面容清癯，印象中很像纳博科夫笔下的那位靠在壁炉旁边、交叉着两条长腿、大谈列宁和十月革命的奈斯毕特。布莱克特和沃丁顿一样，是坚定不移的社会主义信徒，他和贝尔纳同是核物理学家卢瑟福的部下，也是剑桥大学左翼科学家的核心人物之一。1948年的物理学诺贝尔奖给了他，据说是因为他在卡文迪什实验室改进了云室照相技术，把核物理和宇宙射线的研究向前推进了一步。

什么是云室照相技术？我渴望了解，但不久就畏难而却步。因为对外行人来说，核物理的领域实在艰深，什么宇宙射线、正电子、高能量粒子，还有暗物质等等。没有专业训练和特别的仪器，我是不可能把这些宇宙奥秘弄清楚的。为什么物理学家不能用浅显的语言把事情说清楚呢？但专家们可能反驳我，浅显的语言，那还叫物理学吗？不管怎样，既然看不到宇宙射线，我们这些外行人就只能望月而兴叹。

那年秋天，我竟有一次机会观察月球表面的布莱克特环形山。

离曼哈顿城区不远的北部，有一座树木葱茏的小山，它俯瞰着哈德逊河宽阔的水面，河水绕过山脚，由北向南缓缓流向曼哈顿。山顶有座寺庙，我简称它为寺庙，其实它有一个正式的名称，叫作"修道院"（the Cloisters）。每次来这里，我都会经历一场奇异的时空穿越，身体好像忽然失重，腾云驾雾，转眼落入一千多年前的欧洲，在中世纪天主教修士的院落里漫步，真假虚实，难以分辨。

在大都市住惯了的人，来到这个僻静的角落，流连忘返。夜幕降临时，天穹之门洞开，拉出遍布天空的星斗，一明一灭，争相闪烁，与林中的蛙声、虫鸣遥相呼应。寺庙斑驳的石头墙壁隐没在浓密的树影之中，若藏若现，犹如远古残垣。

中秋之夜，明月高悬。我与朋友约定，带上水果、月饼和茶点，来到寺庙赏月。我们走到山顶的时候，见一位天文爱好者在空地之处架起了天文望远镜，伸长脖子，在那里观察月亮。他聚精会神的样子，好像不是在赏月，而是在研究月球。我们好奇地围过去，天文爱好者觉察后，热心地邀请我们一起看。我趁机问，月球上那座叫"布莱克特"的环形山能不能看到？他回答说：不太容易找到，你往那边看。透过天文望远镜，我观察月球的表面，上面有众多的环形山，凹凸之状清晰可辨。天文爱好者耐心指导我如何辨认月球的地貌，他指着月球东方海的西南角方向说，"布莱克特"环形山就在那边。

我一面努力地辨认那个环形山，一面暗自寻思，也说不定物理学家布莱克特就是我一直在寻找的奈斯毕特。不过，这些年的挫折使我学会了思考反面的证据。我后来核对了一遍又一遍,结果发现布莱克特身上有两点细节与"奈斯毕特"难以吻合:一是我找不到他手持烟斗的图片或文字描述(这一点和贝尔纳的情形类似);二是布莱克特作为纯粹的科学家,他与诗人和文人圈子几乎无染,而奈斯毕特对文学情有独钟,除非有一批新材料奇迹般地浮出地表,我无法沿着科学家布莱克特的线索继续往下走,于是决定放弃。

奇怪的是,自从做出放弃布莱克特的决定后,我的心情反而轻松起来,开始将目光转向奥威尔笔记本上的最后一位1919级剑桥人——作家普利斯特利。普利斯特利的英文拼写是P字打头,而P字恰恰不在Nesbit的六个字母中,这是我一再踌躇的原因,也是我最后才考虑普利斯特利的原因。既然其他人都已被排除,我别无选择,只好重新拆解Priestley名字的拼写。琢磨良久,我注意到一个从前被自己排除的现象:Priestley的拼写中的元音字母组合是i和e,奈斯毕特名字Nesbit里也有i和e的组合。反过来说,这两个名字的元音组合既不是a和o,也不是i和a,甚至不是o和e,碰巧都是i和e。

这个发现令我兴奋,也让我头一次意识到,打开奈斯毕特这个密码的钥匙也许不在那几个辅音,而在两个元音字母i和e上,这个元音组合竟一直被我排除了。我迅速推想,普利斯特利是一个作家,纳博科夫曾经说奈斯毕特长得很像高尔基，后来变得像易卜生，言外之意，奈斯毕特是个作家，而不是科学家。至于普利斯特利长得像不像高尔基或者易卜生，那倒在其次，关键在于他本人的职业身份。由此看来，纳博科夫的那句莫名其妙的风凉话未必是无中生有，恐怕另有深意。

我由此瞥见一线新的希望，普利斯特利——这个被奥威尔和萧乾分别记了一笔的普利斯特利——未必不是我四下寻找的那个奈斯毕特。若是能把这个人的生平搞清楚，若是他正好符合纳博科夫对奈斯毕特的描述，那么我的六个字母的谜底不就唾手可得吗？我恨不得马上澄清一些细节，譬如普利斯特利是不是烟斗不离手？他如何上了奥威尔的笔记本？等等。

我从英文系的一位熟人那里打听到，伦敦大学有一位英国现代戏剧专家，他不仅对普利斯特利的生平和写作都熟悉，还专门研究过他的档案。幸运的是，我手里有一张去巴黎参加学术研讨会的机票，如果能和他联系上，会后正好可以绕道伦敦去拜访他。出发之前，我给这位学者写了一封长信，装入信封，嘱托系里的秘书务必从邮局寄出，因为据说此人从不接受或回复电子邮件。我写信的目的，是想请教这位专家，如何看待普利斯特利的文学生涯，此外，我还想和他讨论易卜生和英国戏剧——纳博科夫在描述与奈斯毕特重逢的文字里，似乎暗指奈斯毕特就是英国的易卜生，这让我充满好奇，不知那位戏剧专家怎么看，普利斯特利是不是二十世纪英国的易卜生？

我生性不喜欢开学术会，尤其不爱听人枯燥呆板、犹如念咒般地诵念论文，因此最早接到巴黎会议的邀请函时，我还犹豫不定，后来问清楚了有几位研究冷战文化政治的资深专家也到场，他们的档案研究有重大的发现，我这才打消自己的顾虑，决定去一趟巴黎。

54

在巴黎的会上，我遇到几位学识渊博的长者。一日，会间茶叙时，我偶尔提到联合国教科文组织在巴黎的旧址，一个叫做马热斯蒂克的酒店。坐在我对面的一位英国历史学家听到后，热心向我推荐几本书，他最后补充说，马热斯蒂克酒店在克莱伯大道19号，离凯旋门不远，很久以前，他去过那里，但不知现在有什么变化。过了茶歇，这位英国学者看一看手表说：你若是有兴趣，我们傍晚可以一起到克莱伯大道19号走一趟。

下午的会议刚结束，我跟着他匆匆坐上地铁二号线，直奔凯旋门站。一路上，英国历史学家给我讲了几个有关克莱伯大道19号的故事,让我听得几乎入迷。这些都是有关作家和艺术家的趣闻。据说作家乔伊斯和普鲁斯特第一次见面,就发生在马热斯蒂克酒店的餐厅,那是他们的第一次,也是最后一次见面。1922年5月的一天,斯特拉文斯基作曲的芭蕾舞剧《狐狸》在巴黎大歌剧院首演,演出结束后,塞尔盖·狄亚基列夫的俄罗斯芭蕾舞团在马热斯蒂克酒店举办了一场盛大晚宴。

在晚宴上,嘉宾名流都来捧场,毕加索也到了。不过,毕加索故意不穿晚礼服,头上围着一圈手工编制的卡特兰式头带,坐在桌前,一言不发。乔伊斯午夜时分出现在餐厅,已经喝得半醉。他穿着寒酸,坐在东道主的右手边不停地打盹。普鲁斯特来得最晚,进来的时候面色苍白,好像早已病入膏肓。他身穿黑色礼服,手上戴着白色的小羊皮手套,坐在作曲家斯特拉文斯基身边。为了找话说,他随口夸了一句贝多芬晚年的四重奏作品,却遭到斯特拉文斯基一句不客气的反驳:我讨厌贝多芬。

晚会过后,乔伊斯和普鲁斯特两个人搭乘同一辆车回家,乔伊斯忽然烟瘾发作,掏出一支烟,身边的普鲁斯特患有哮喘病,竭力反对;然而,乔伊斯摇下车窗,点起一支烟,一边怡怡然吐着烟雾,一边批评普鲁斯特的小说写起伯爵夫人没完没了,并声称自己只对写女佣感兴趣。倒霉的普鲁斯特只能不停地抱怨,说乔伊斯不怀好意,故意抽烟是为了要害死他。

且不论乔伊斯是有意还是无意,几个月以后,普鲁斯特就与世长辞了。

我随着历史学家从凯旋门广场的地铁站钻出来,找到一条南北走向偏西的路,那就是克莱伯大道。沿克莱伯大道往南步行不远,马热斯蒂克酒店立刻映入眼帘,这个酒店的名字译成汉语就是"雄伟"的意思。我们走近酒店大堂的半圆形窗户的外墙,开始抬头打量这座名扬四海的建筑,发现它依旧不失当年的气势,但由于每扇窗户外面都装有黑色的铸铁窗栅,栅格密集,粗暴呆板,昔日的辉煌已经踪影全无。我们试图隔着玻璃窗往里窥视,但视线被里面的廉价白色尼龙窗帘挡住,没办法,两人只好绕到酒店大门的另一边。在正门的旋转门右边,抬头一看,石头墙上两米高的地方镶嵌着一个长方形的官样牌子,上面有"国际会议中心"的字样。

英国历史学家盯着墙上的牌子看了一会儿,轻声叹气,摇摇头说:面目全非,完全不是它从前的那个样子。我问他指的是不是普鲁斯特和乔伊斯见面的年代。英国历史学家说:差不多吧,或者还更早。一边说,他一边从随身背的计算机包里,掏出一张复印的黑白照片。我见他有备而来,内心升起一股敬意,暗中佩服历史学家的职业习惯。他一面手指着照片，一面向我解说，一战前后，马热斯蒂克酒店是一个冠盖云集、日日笙歌的去处，也是个招蜂引蝶的地方，巴黎上流社会的交际花都来这里的舞厅炫技，南美的阔太太们不远万里来巴黎购物的时候，也都在这里下榻。

对我这个外行来说，真的看不出多少差别，因为图片上的马热斯蒂克酒店几乎和眼前的建筑一模一样，唯有大门外墙上曾挂着一盏新艺术（Art Nouveau）风格的大型铸铁壁灯，在门牌19号的上方，现已不知去向。我问照片是什么时候拍的，他说1919年。有一次，他在伦敦的一家旧书店淘书，买到一本关于1919年巴黎和会的老回忆录，书中插图就包括这张照片。巴黎和会？这地方与巴黎和会有什么关系？历史学家把照片塞进计算机包里，用加强的语气说：关系非常大，因为它和《凡尔赛条约》有一些不解的缘分。

55

啊，我再次与1919年邂逅。

原来在"巴黎和约"谈判期间，克莱伯大道19号是大英帝国代表团的驻地。英国派了一个庞大的二百零七人的代表团,加上大英联邦殖民地的代表,总共有四百多人。这个代表团把凯旋门附近的五家豪华酒店全都包了下来,活动中心就在马热斯蒂克酒店。在当时,这里戒备森严,便衣成堆,进门须出示身份证,连酒店的服务员、大厨、清洁工等都按照英方要求,全部替换成英国人。

我们在现有历史教科书中,几乎看不到巴黎和会的真实场面,它的排场让我想到五四运动前夕中国派驻巴黎和会的代表团。比起大英帝国的代表团,当年中国代表团是何等的窘迫:陆征祥和顾维钧所率领的近六十人的代表团队伍里,有五名外籍人士当专业顾问和翻译,哪里还谈得上机密情报和保密工作?同为一战的战胜国,中国人和英国人在巴黎的境遇,竟有如此天差地别!

离开马热斯蒂克酒店那一刻,我脑子里忽然闪过一个问题,梁启超一行人在巴黎逗留的时候,住在哪里?我后来找到梁启超的《欧游心影录》查了一下,才恍然大悟,他们住在一个叫"白鲁威"的地方,"白鲁威"是不是巴黎附近的 Bellevue?我不敢确定。无论如何,这个栖身之地与英国人盘踞的克莱伯大道 19 号形成了巨大反差。梁启超是这样描述的:

> 欧战以来,此地黑煤的稀罕,就像黄金一样,便有钱也买不着。我们靠着取暖的两种宝贝,就是那半干不湿的

木柴，和那煤气厂里蒸取过煤气的煤渣。那湿柴煨也再煨不燃，吱吱的响，像背地埋怨，说道你要我中用，还该先下一番工夫，这样生吞活剥起来，可是不行的。那煤渣在那里无精打采的干炙，却一阵一阵的爆出碎屑来，像是恶狠狠的说道，我的精髓早已榨干了，你还要相煎太急吗。我们想着现在刚是故国秋高气爽的时候，已经一寒至此，将来还有三四个月的严冬，不知如何过活。因此连衣服也不敢多添，好预备他日不时之用，只得靠些室内室外运动，鼓起本身原有的热力，来抵抗外界的沍寒。我们同住的三五个人，就把白鲁威当作一个深山道院，巴黎是绝迹不去的，客人是一个不见的。镇日坐在一间开方丈把的屋子里头，傍着一个不生不灭的火炉。围着一张亦圆亦方的桌子，各人埋头埋脑做各自的功课，这便是我们这一冬的单调生活趣味，和上半年恰恰成个反比例了。我的功课中有一件，便是要做些文章把这一年中所观察和所感想写出来。

白鲁威的深山道院未必不是巴黎和会的另一张面孔，也偏偏就是被历史教科书所遮蔽的那张面孔。梁启超一行人住在这个与世隔绝的地方，不去巴黎，不见客人，与上半年把协约国背叛中国的消息传递给国内的心情大为迥异。假如没有他们及时传递的消息，怎么会有五四运动？假如没有五四运动，怎么会有中国革命？假如没有中国革命，怎么会有中华人民共和国？假如没有人民共和国，怎么会有今天？……我越想越玄，一发不可收拾，所以赶紧打住，不敢继续推演，害怕滑入因果逻辑的深渊。

56

巴黎的研讨会结束之后，我拖着行李箱离开会议宾馆，搬到塞纳河对岸的拉丁区，住进卢森堡公园附近的一家小旅馆。我计划在左岸多住几日，顺便在索邦大学附近的圣日内维耶图书馆查找一些资料。对于圣日内维耶图书馆，我心仪久之，哪怕门口排了长队，也必访无疑。我很想尽情地享受这个图书馆，并且脑子里装着一个完美的计划，白天在图书馆看书查资料，夜晚到先贤祠附近的大街小巷散步，寻访故人故迹。

在巴黎漫步，你不能不注意它的街名。世界上有这样的城市吗？无论你走到哪儿，你都能碰到借用数学家、天文学家、文学家和哲学家的名字命名的大街和小巷，这几乎在世界上绝无仅有。碰巧的是，我每次来巴黎开会，都住在以数学家命名的街道上。有一次，我住的宾馆地处勒让德街，有人告诉我，勒让德是十八世纪的法国大数学家。从这里往东一拐，是以法国新浪潮电影导演命名的特吕弗街,到了特吕弗街的尽头,再往左,那是数学家兼地理学家拉孔达明街。后来,我先后住过庞加莱街、帕斯卡街、伽利略街、拉普拉斯街、达·芬奇街——达·芬奇是数学家?当然是。我住过这么多的以数学家命名的街道,这未必是巧合吧。

纯粹出于好奇,我做过一个快速的统计,发现巴黎仅以数学家命名的街道和广场就高达八十多处。这里当然还有巴尔扎克街、普鲁斯特大道、笛卡儿街、阿尔贝·加缪街、古斯塔夫·福楼拜街、鲁索街、埃米尔·佐拉大道、波拿巴特街等等。这不能不让我想起纽约。去过纽约的人知道,曼哈顿与其说有街名,不如说有一个数字坐标的街道棋盘,东西南北,再加一二三四,很理性。格林威治村所在的西四街叫 W4th Street,大都会博物馆所在的第五大道叫 5th Avenue,简单明快,一目了然。外地朋友来访的时候,我嘱咐他们说:记住"下城"是低位数,"上城"是高位数,只要把这个记牢,无论你怎么走,都不可能走失。

57

九十年代第一次来巴黎,我提着行李在火车站的月台上四处张望,寻找前来接应我的朋友。当这位朋友出现的时候,他见到我说的第一句话就是:小心扒手。

我后来发现,巴黎不仅扒手多,国际间谍也多。

二战结束不久,新成立的联合国教科文组织搬入了马热斯蒂克酒店,将总部设在酒店的房间,在那里办公长达十几年,直到1958年,教科文组织才迁入新建的办公楼,也就是联合国教科文组织现在的三翼楼总部,地点在塞纳河左岸的丰特努瓦广场7号。

这是同一家马热斯蒂克酒店吗?的确是。

最初打听到这家酒店的名字,是由于李约瑟和鲁桂珍的缘故,当时我还不知道这个地方和1919年的巴黎和会有什么联系。1946年联合国教科文组织宣布成立,总干事赫胥黎将李约瑟从重庆火速召回,把组建自然科学部的任务交给了他。接信后,李约瑟告别他在战时苦心经营了三年的中英科学合作馆,前赴巴黎就职。

赫胥黎大概没有料到,他的这一决定后来给自己带来多大的麻烦。

因为二战虽然已经结束,但政治风云变幻不定,冷战的阴影迅速聚拢,笼罩在马热斯蒂克酒店的上空。美国中央情报局对联合国教科文组织的监控,始于教科文组织的总部进驻马热斯蒂克酒店的第一天,当时冷战的帷幕刚刚拉开。不难想象,酒店周围间谍密布,天罗地网,窃听器埋在电话机里和酒店房间的各个角落。在最新解密的中情局档案里，我发现了一份中情局局长范登博格将军（Hoyt Vandenberg）写给美国总统杜鲁门的绝密备忘录，上面的日期是 1947 年 2 月 15 日，文件里透露：

> 巴黎大使馆汇报：联合国教科文组织的英国官员李约瑟教授，是剑桥大学共产党小组的成员，此人是联合国总干事朱利安·赫胥黎的心腹。赫胥黎对此毫无戒心，竟说李约瑟是个"好"共党。李约瑟近期向教科文组织提交一项动议，提出在联合国教科文组织和世界科学工作者协会之间签署协约，这个动议即将在联合国教科文组织大会投票表决……教科文组织宣布的这些计划，以及最近将铀元素样品秘密交给苏联而被定罪的英国科学家艾伦·眉（Alan Nunn May）等一系列的情况表明，如果共党分子被允许占据联合国科学项目的战略位置，那将造成极大的隐患。

几年前，我在瑞士的火车上与偶尔邂逅的奈斯毕特先生聊天时，他神秘地提起鲁桂珍曾在联合国教科文组织工作，这给我的印象很深，所以一直记在心上。事实上，鲁桂珍来联合国教科文组织的年代，并不与李约瑟同时，而在他卸任之后，我奇怪，既然他俩是情人，那么两个人在巴黎逗留的时间为什么不在同时，而是一前一后？

58

为了找到这个问题的答案,我回头翻阅英国作家文思森的李约瑟传记,遗憾的是,作者对这个时间差没做明确的交代。幸而我自己找到一本中文小书,是王钱国忠先生撰写的《鲁桂珍与李约瑟》。读完这本书后,我恍然大悟。王钱先生是这样讲述 1947 年夏天发生的事:

> 第七届国际生理学大会将于 1947 年 7 月中旬在伦敦召开,约瑟便向中国几位著名的生理学家汤佩松、林可胜、蔡翘等发出了邀请,同时也邀请桂珍出席,并在会后到巴黎一叙。当时,自然科学部正准备在南京重开实地科学合作馆,并任命实地科学远东干事阿根廷天文学家费利克斯·塞纳斯奇博士前往组建。桂珍在参加了伦敦会议之后,便飞抵巴黎,与约瑟相聚。在畅谈了分别后的工作和生活之后,约瑟向她表露了希望其到巴黎工作的想法,以便他辞职回剑桥,正式开始撰写中国科技史著作……

李约瑟辞职回剑桥的一个重要原因,是要把自己的全部精力投入《中华科学文明史》的研究和写作。他回剑桥之后的确实现了这个夙愿。但蹊跷的是,李约瑟最初被召到巴黎的时候,他曾踌躇满志,对自己的新工作十分投入,不但亲手创建了自然科学部,而且一度要把教科文组织当作实现自己远大抱负的地方,然而,当自然科学部正在起步的关键时刻,他忽然辞职,这不是相当突兀也相当奇怪吗?

到头来,还是中情局的那份备忘录帮我揭示了其中原因:李约瑟在1947年离开联合国教科文组织的时候,其实他和赫胥黎都任期有限,是巨大的政治压力迫使他们先后辞职,提前离开自己亲手创建的国际机构。只不过,李约瑟心有不甘,采取了一项亡羊补牢的做法——在自己卸任之前,力劝鲁桂珍离开自己的故土南京,到巴黎来接替他的工作。鲁桂珍不仅是他的情人,还是同道人,她是李约瑟无条件信任的同志。实践证明,鲁桂珍的确没有辜负李约瑟的重托,在联合国教科文整整服务了九年,正是在那九年当中,她与我在瑞士火车上碰到的那位奈斯毕特成为同事。

冥冥之中,马热斯蒂克酒店成为一个多重人生轨道的交叉点。

我不禁追问,这个酒店与纳博科夫笔下的神秘人物有什么缘分?倘若一点缘分都没有,那么我何以鬼使神差地来到这个地方?难道昔日的马热斯蒂克酒店里也留下了奈斯毕特的足迹?

59

1946年,李约瑟随同联合国教科文组织进驻马热斯蒂克酒店的时候,巴黎刚解放一年多。一群又一群面黄肌瘦的巴黎儿童,在大街小巷里追逐美国大兵,一点也不害羞地伸手讨巧克力吃。巴黎的食物和燃料更是奇缺,当地居民人人衣袋里揣着面包票、肉票、乳品票、酒票以及政府颁发的各种限购粮票——那何尝不是一个票证时代。问题是,有票也没用,商店经常断货,商品价格比巴黎解放前整整上涨了四倍,难怪这里黑市猖獗。

类似的日子战后新中国的一代人也都经历过。五十至六十年代,日常生活总是要和粮票、肉票、蛋票、油票、布票还有五花八门的票据打交道,大家日子过得极其拮据,吃饭穿衣不能不精打细算,日子很艰苦。于是今天有人以为,只有中国才发粮票和布票。其实,由于战时物资短缺,二战前后,各国政府发布粮票等限量措施相当普遍。布票和服装票,在英国出现不晚于1941年,那时工厂生产的衣裤鞋帽用料都有严格规定。这导致女性透明丝袜长期脱销,因为尼龙丝是制作降落伞的军需品,不过,穷困的年代有利于奇思异想,于是英国女性发明了新的化妆术,她们在腿上画出逼真的透明丝袜,还用眼线笔巧妙地勾出袜上的对缝,几乎以假乱真。为应对各国政府对布料的限制,巴黎时装设计师则另有发明,1946年夏天,他们发明了全世界最小的女泳装,仅用布料30英寸,等于76.2厘米,这个新款式的泳装品牌叫Bikini——谁能想得到,战后布票的限购,竟意外地成就了"比基尼"泳装的时尚。

作家萧乾是联军诺曼底登陆以后第一批来到巴黎的随军记者,他当年在《大公报》发表的战地消息中,就有这样一段描述:

> 在这里,我见到美国评论家埃德蒙·威尔逊,他代表《纽约客》。大个子海明威、精力充沛的萨罗扬、《牲畜场》(即《动物庄园》)和《一九八四》的作者乔治·奥威尔(他是英国广播公司派来的)是酒吧间的常客。这些文人,个个都穿上戎装。一天在饭店过道上,猛地听到有人大喊我的名字。回头一看,是埃德加·斯诺。

萧乾和斯诺在燕京大学的时候就认识,战时遇到老朋友,格外地欢喜。其实,文人在马热斯蒂克酒店奇遇并不稀奇,海明威也经常出入这里。早在纳粹军占领之前,马热斯蒂克酒店就是文人墨客和上流社会喜欢光顾的地方,于是我大胆猜测,萧乾描写的地方有可能就是克莱伯大道19号。

在马热斯蒂克酒店的墙外也发生过很多事情，萧乾留下很多细致入微的观察。他注意到，凯旋门旁边有形形色色的小商贩，他们用香奈尔香水和尼龙袜与美国大兵交换骆驼牌香烟，曾经让法国人引为骄傲的香气，此刻竟不得不向浓烈的美国烟气低头。而法国人的另一宗骄傲——他们自认为全人类最优美最漂亮的法文，这时也显得谦卑起来：很多橱窗都贴出大字招牌：我们讲英语。

占领军美国大兵来到巴黎大歌剧院听爵士乐，他们坐进富丽堂皇的包厢，把脚高高翘在包厢的栏杆上，个个嘴里叼着雪茄烟，肆无忌惮，趾高气扬。世道既变，马热斯蒂克酒店自然也不例外。这个昔日名震欧洲的时尚酒店，此刻摇身一变，成了战后重组世界秩序的临时中心。联合国教科文组织的总干事赫胥黎把他的办公室设在酒店的大套房，大套房的空间其实并不适合办公，他把浴室里的大浴缸当作书柜，里面堆满了各种文件。

60

自从亲眼见过马热斯蒂克酒店，我反复咀嚼与这个酒店有关的各种人物和历史事件。一会儿是巴黎和会和普鲁斯特，一会儿又是李约瑟和鲁桂珍，还有美国大兵，巴黎的间谍，赫胥黎的浴缸里的文件等。所有这些人和事都如同万花筒一般，在我脑子里旋转不已。还有什么人与马热斯蒂克酒店有这样的缘分？有一天，半夜醒来，我脑子里突然冒出一个莫名其妙的想法：说不定英国作家普利斯特利的身影也曾经出现在马热斯蒂克酒店里。这个念头刚一冒头，我立刻纠正自己：不太可能！但这一类的胡思乱想总是跑来干扰我，因此不得不对自己加以警惕和克制。

出发前，我给伦敦的戏剧专家写信后，至今还没有收到回音。即便在圣日内维耶图书馆查找资料的时候，我心中还是放不下奈斯毕特。后来我索性把奥威尔笔记本的复印件也带到圣日内维耶图书馆，一面等待伦敦的复信，一面继续我的研究。

图书馆二楼的阅览室宽敞明亮，放眼望去，屋顶是拱形的铸铁结构和半圆形的玻璃窗，大厅高大通透。一条条的长桌井然有序地排开，伸向阅览室的尽头，一览无遗。我喜欢的乳白色半球形台灯罩，在棕红油漆的桌面上投下柔和的光线，给阅览室的肃静添了一份亲切。我把奥威尔笔记本的复印件平摊在桌上，努力在字里行间参悟其中的逻辑。

普利斯特利的名字，它最早出现在 1949 年奥威尔交给英国谍报部门 IRD 的那批三十五人的黑名单里，而名单的来源是奥威尔的笔记本，在一百多人的名字当中，"普利斯特利"格外醒目，奥威尔不但在它的周围特别用红笔做了星号，用蓝笔画了横杠，最后还打了两个问号。

红色星号代表什么，我不知道。笔记本里有其他的人，这些人的名字边上同样标有星号，我由此猜测，星号可能代表第一批交出去的名单。奥威尔在 Priestley（普利斯特利）的名字右边写有简短批注，我将这些抄录如下：

> Strong sympathiser,
>
> possibly has some
>
> kind of organizational
>
> tie-up. Very anti-
>
> USA. Development
>
> of last 10 years or less.
>
> Might change. Makes
>
> huge sums of money
>
> in USSR.
>
> ? ?

（中文直译）

强烈的同情者，

恐怕有

某种组织上

的牵连。极端反

美。近十年或更

晚近的发展。

可能还会变。赚了

大笔的钱

在苏俄

？？

奥威尔所说的"同情者"是共产党的同情者，比"同路人"更次之，但双问号是指什么？奥威尔对自己的情报来源有疑问吗？

奥威尔在笔记本里标出普利斯特利的职业身份，是"小说家"兼"电台主播"，我认为这一点至关重要。纳博科夫早就说过奈斯毕特变得酷似易卜生，这与普利斯特利的作家身份恰好吻合。我后悔没有早发现这个细节，不然少走多少弯路啊！至于普利斯特利是否从苏俄那里赚到了大笔钱，这到底是奥威尔自己的猜测，还是传言？

苏联的卢布很能刺激人的想象力，它首先让我想到鲁迅，有一篇所有人都读过的杂文，叫作《"丧家的""资本家的乏走狗"》。那篇杂文最早让我了解到，二三十年代的上海有一个叫梁实秋的文人。梁实秋曾经暗示左翼作家"到××党去领卢布"，鲁迅说：

> 那故意暗藏的两个×，是令人立刻可以悟出的"共产"这两字，指示着凡主张"文学有阶级性"，得罪了梁先生的人，都是在做"拥护苏联"，或"去领卢布"的勾当，和段祺瑞的卫兵枪杀学生，《晨报》却道学生为了几个卢布送命，自由大同盟上有我的名字，《革命日报》的通信上便说为"金光灿烂的卢布所买收"，都是同一手段。

听说国内史学界有人在鲁迅出售《二心集》的版权上做文章，借此证明鲁迅曾经被苏联的卢布所收买。且不说有无真凭实据，我想这样做的人，大约真的相信金钱万能，万能到连信仰都可以收买。按照这个逻辑，孙中山当年得到苏共金卢布的支持，建立黄埔军校，也有被人收买的嫌疑。事实上，无论是教官还是资金，黄埔军校都得到苏俄和由其主导的共产国际的支持，历史学家把这叫作"国际援助"，而不是"到××党去领卢布"。究竟哪一种说法更接近历史的真相？

但毕竟普利斯特利和鲁迅的情况还是不同的，普利斯特利不但访问过苏联，而且真的拿过苏联人的卢布，奥威尔的信息没有错，因为有大量的书信和报道为证。普利斯特利第一次访问苏联在 1945 年，他战后以英国国家文化使者的身份出访，二十年后，又再次以私人的身份出访。奥威尔的笔记本里提到的是第一次的访问。

那年秋天，二战刚刚结束，普利斯特利的剧本《探长来访》恰好在莫斯科上演，轰动全苏联。他和第二任妻子珍妮不但成为俄国人的座上宾，还赚了一笔版税，至于到底赚了多少版税，我查不出具体数目，估计不会太少。到了 1961 年，普利斯特利以私人身份重返苏联的时候，他和第三任妻子的全部差旅费，都来自苏联人支付给他的翻译著作版税。

奥威尔所说的"大笔的钱"究竟是怎么回事？虽然难以查清，不过我倒是有另一个发现，原来奥威尔和普利斯特利在 BBC 广播电台的时候是竞争对手：普利斯特利在 BBC 开始广播"后记"不久，奥威尔跟着也启动了"人声"节目。当时的情况是，普利斯特利不但非常会讲故事，而且他的嗓音带有迷人的磁性，一个平凡无奇的故事，只要被他一讲，就特别动听。这给二战期间的英国造成了不小的奇观：每个周日晚间九点播放"后记"的时候，英国人无论高低贵贱，都围坐在收音机旁，全神贯注地沉浸在普利斯特利的声音里，连街上行走的路人，也纷纷悄然驻足，靠在路边人家的窗户旁边倾听，一时忘了归路。

普利斯特利的广播节目在英国广播电台收听率之高，不但远远超过了奥威尔主持的"人声"，甚至还超过了英国首相丘吉尔在无线电广播电台上发布的战争动员。

难道这位家喻户晓的英国作家就是我要找的奈斯毕特？

我开始下工夫搜索 BBC 广播电台的网站，想不到普利斯特利录制的第一套"后记"竟然被我搜到，它是网上唯一可以搜到的他的录音片断，播放时间是 1940 年 6 月 5 日。我屏住呼吸，点击链接，顷刻间，一个遥远的、魂灵般的嗓音在耳边响起，那是七十多年前的声音，似乎离我很近，又无限地遥远。普利斯特利在讲敦刻尔克战役的故事：德国机械化部队从法国的马其顿防线后面包抄过来，英法盟军为了保存实力，在敦刻尔克发动了大撤退。那是怎样的一场大撤退啊！英国全民动员，无论男女老少，无数的普通百姓，包括码头工人、牙科医生、工程师、出租汽车司机、渔夫、文官以及银行家都自发上阵，驾驶着货轮、渔船、驳船、拖船，还有五花八门的汽艇和旅游船，冒着德国法西斯飞机和大炮的枪林弹雨，不停地穿梭往返于英吉利海峡之间，终于将总数为三十四万的盟军官兵送到英国本土。

当时就有一个传说：普利斯特利在 BBC 广播电台刚播完这个故事，从录音棚走出来的时候，抬头看见 BBC 的一名著名播音员站在门外，听得泪流满面。

因此我不奇怪，为什么普利斯特利的名字在英国"家喻户晓"，拥有成千上万的"粉丝"，并且还有听众来信如雪如潮地寄往BBC的总部。"家喻户晓"——这个词对于我很重要，因为纳博科夫恰恰是用这个词来形容奈斯毕特的。纳博科夫在二十世纪六十年代出版自传的时候，之所以隐去了他的剑桥同学的真名，改用"奈斯毕特"的化名，那一定是不得已，最合理的解释是这位同学还健在，并且在英国"家喻户晓"。掰着指头算一算，二战后，英国知名的作家屈指可数，而"易卜生式"的写实主义剧作家，更是凤毛麟角；再说，二十世纪的伟大剧作家萧伯纳早已在1950年过世，那么除了普利斯特利，六十年代还活着的英国本土的易卜生还能是谁呢？我看非他莫属。

假如这个猜测不离谱的话，那么我们从纳博科夫的镜像字母组合 Nesbit＝Ibsen 进一步推断，是不是可以得出 Nesbit＝Ibsen＝Priestley 的结论呢？

直觉告诉我，这个普利斯特利就是我始终在寻找中的奈斯毕特，因为在他身上，所有的条件都符合纳博科夫对奈斯毕特的描述：普利斯特利是1919级的剑桥人，第一次世界大战期间，他作为一名普通士兵上了战场，扛枪打仗，出生入死，他童年时代的很多朋友都命殒沙场，而他死里逃生。在剑桥读书的那几年，他和纳博科夫都是三一学院的本科生，他们在同一个饭厅就餐，同一个教室上课，而且同修文科，这两个人是真正的同窗。但无论如何，由于过去的探索几度遭受挫折，我现在变得谨慎多了，还不敢贸然做出确切的结论。

再从拆字的角度来看，Priestley 的拼写中有字母 i 和 e 的组合，奈斯毕特名字碰巧也有同样两个元音。这里难道没有什么玄机？琢磨越久，我越趋向于一个新的假设：打开奈斯毕特这个密码的钥匙不在辅音字母，而在两个元音 i 和 e 上。何况，有个旁证绝不能忽略，那就是，普利斯特利烟斗不离手，这一点他和奈斯毕特简直一模一样。我在图书馆找到的照片，也都支持这个关键的细节。然而，我最后还需要落实一点：普利斯特利究竟是不是二十世纪英国的易卜生？

在巴黎逗留期间，我一直期盼着那位英国的戏剧专家给我回信，几次打电话给系里的秘书，敦促她检查我在系办公室的邮箱，看是否有一封寄自英国的信，一有消息就通知我。

61

一夜无风，阴雨绵绵，这是我搬到塞纳河左岸的旅店的第五个晚上。

早晨拉开窗帘，仰头一看，天空被厚重的云层包裹着，给楼房和街道抹上一层黯淡的灰色，远处偶尔传来几声汽车的警笛，断断续续，声音似在雾中穿行。

这天下午，我决定去走访塞纳河对岸的博劳路59号。纳博科夫在那里住过的公寓，早已被德国的炸弹摧毁，要不要去看它的旧址？我其实犹豫良久。眼看过几天就要离开巴黎，想来想去，终于无法抵抗这个旧址的诱惑，因此决定利用一个下午的时间，前去做一番探访。博劳路毕竟是纳博科夫住过的地方，直到德国人攻占巴黎的前几个月，他还在那里反复修改《塞·纳特的人生真相》的手稿。

我搭乘的出租车朝塞纳河右岸的第16区驶去，二十分钟后，出租车停在一个单行街路口，路口的牌子上标着rue Boileau的字样。我下车后，沿博劳路往里走，很快找到59号。我站在街的对面打量这幢不起眼的公寓楼，它是我们熟悉的那种钢筋混凝土的"火柴盒"建筑，即所谓国际风格（International style）；比起十九世纪奥斯曼改建巴黎城区以后建设的公寓楼，这种不加修饰的"火柴盒"显得相当寒碜，无疑它是战后匆忙修起来的。

午后的阳光白晃晃地刺眼，人行道很窄，街上没有行人，也不见树荫。我从博劳路的这一头走到那一头，再转过身往回走，越走心情越沉重，我想象不出纳博科夫住过的公寓是什么样。

纳博科夫这辈子注定流亡。希特勒政权上台以后，他一家人在柏林的处境日趋凶险，危险来自妻子维拉，因为她有尤太人血统。和千千万万尤太人一样，纳博科夫被迫带着妻子和不满三岁的儿子离开纳粹德国，辗转多处，最后落脚在法国。他们在巴黎生活的三年期间，住得最久的地方就是这个博劳路59号，据说这所公寓是一个两间屋的小套间，空间狭小得可怜，纳博科夫要写作，只能拿着纸笔躲进浴室，坐在马桶上工作。《塞·纳特的人生真相》的手稿就是在那间浴室里完成的，它是纳博科夫用英文写成的第一部小说。

在柏林，纳博科夫一直拒绝学德语，他坚持用俄语写作，早期的俄文诗歌和小说也都在柏林发表，那里有俄国流亡知识分子自己创办的域外报刊。搬到法国以后，纳博科夫改用英文写作，他再次与自己周围的语言拉开距离，形成一种奇特的语言错位。早在剑桥读书的年代，纳博科夫就为自己未来可能失去母语而惴惴不安，十五年后，他是在法语之都的巴黎迈出了用英文写作的第一步，这究竟是福是祸，真是难说。我自己不懂俄语，所以无法判断纳博科夫转向英文写作后，给二十世纪的俄语文学带来了多大的损失。

《塞·纳特的人生真相》初稿完成后，纳博科夫担心自己的英文写得太像翻译体，找了一位朋友帮他把关，这位朋友不是别人，正是乔伊斯的朋友兼秘书保罗·李昂的妻子露西。不过，纳博科夫和乔伊斯本人只见过一两面，不知两个人给对方留下的印象如何。那一年，乔伊斯的《芬尼根的守灵夜》一书刚刚问世。

露西和他约定在"莎士比亚及同伴"书店见面。这家书店在文学史上赫赫有名，位于巴黎左岸的欧迪翁路12号，它最早出版乔伊斯的另一部名著《尤利西斯》。二战之前，这里是现代主义作家和诗人经常聚会的地方，例如庞德（Ezra Pound）和海明威，他们每到巴黎，总会光临这家书店。因此，"莎士比亚及同伴"书店不单单是外国旅法人士在巴黎开办的一家英文书店，它还是一家兼有文学出版社双重性质的文化沙龙。毫无疑问，这个书店在现代主义文学史上占有一席之地。

62

很多年前，我和几位朋友来到上海虹口区，寻觅上个世纪与鲁迅关系密切的那一家内山书店的原址。到了地方，才发现这幢著名的建筑已经变成中国工商银行的一家分行。记得很清楚，我们当时站在银行门口，左顾右盼，正在为找不到内山书店的旧址犯愁，这时，一位中年模样的人推着自行车走来，询问我们是不是来找内山书店的。见我们连连点头，他立刻笑容绽开，像是碰到了久违的知己，自我介绍说他是内山书店纪念馆的管理员。我心里有点诧异，因为他推车的样子就像一个看门的人，手里拎着一只塑料袋。内山书店纪念馆在哪里？管理员说，跟我来。他带我们绕到后院，随着一股潮湿难闻的气味，我们沿阴暗的楼梯走上二楼，总算走进了内山书店纪念馆。所谓的纪念馆，不过是两间屋大小的空间，设备简陋，不见一个访客的踪影。热心的管理员带领我们参观馆存的图片和少量展品，末了还坚持要我们签名留念。待返回街上的时候，我们不免替管理员着急，访客如此稀少，这个纪念馆能维持下去吗？

在巴黎逗留期间，我做了一件和那次寻找内山书店相类似的事，只不过这一次是在塞纳河左岸，循着地图寻访欧迪翁路12号，这里有"莎士比亚及同伴书店"的旧址。找到大楼的旧址，我站在街对面，心情复杂地拍了几张照片，这样做是为什么？仅仅做一个留念，还是对二十世纪那个辉煌的文学时代做一次缅怀？连我自己也说不清。相机的快门刚按完，一股忧伤的情绪不可抑制地袭来，面前的这幢建筑是我在巴黎四处可见的那种最普通的公寓楼，难到就看不到昔日书店的任何痕迹吗？我睁大眼睛，上下仔细搜寻，终于在两个窗户之间的高墙上发现一个不起眼的小牌子，上面刻有两行简短的说明：

> 1922年,西尔维娅·毕迟女士在这座楼里出版了詹姆斯·乔伊斯的《尤利西斯》。

谁是西尔维娅·毕迟(Sylvia Beach)?

她是"莎士比亚及同伴"书店的创办人,也是热心推广现代主义文学的一名旅法美国人。毕迟当年把书店里的一间屋子开辟出来,让乔伊斯长期使用,从此以后,这间屋子俨然成为乔伊斯经常办公的地方。屋内有一张很大的红木办公桌,如果这张桌子可以见证历史,那么它也许能见证乔伊斯在保罗的协助下创作《芬尼根的守灵夜》的整个过程。乔伊斯在这部怪诞的杰作上,花费了长达十七年的功夫,写了又写,直到双眼几乎失明。

1939年初,《芬尼根的守灵夜》终于出版。也正是在这一年的春天,露西把纳博科夫带到乔伊斯的办公室,两个人面对面地坐在那张红木办公桌旁边,仔细推敲《塞·纳特的人生真相》里的一字一句。纳博科夫每周必来几次,下午三点,准时不误。

对纳博科夫来说,这能不能算作他在巴黎生活中难得的一段愉快时光?

然而我在纳博科夫的回忆录里,竟找不到半句他对巴黎的溢美之词,就连他在"莎士比亚及同伴"书店修改作品这段往事,也不见涉及。总而言之,他不喜欢这个对外国人和移民无比冷漠的城市,纳博科夫眼中的巴黎天空总是灰色的,这和我自己的印象完全不同,也许是因为我缺乏正视现实的勇气,眼睛里仅仅看到的是文学和书本里的巴黎幻象。纳博科夫面对的是一个什么样的巴黎?那是一家三口在无奈之中不得不多次搬家的窘境,而且一次比一次更艰难,最后搬进了博劳路59号,才算安了家。尽管如此,比起保罗·李昂和本雅明(Walter Benjamin)后来的命运,纳博科夫一家人算是幸运的,他们在希特勒纳粹军队入侵的前一刻,取得了前往美国的移民签证,踏上1940年5月的最后一班远洋客轮,及时脱离了险境。那真是千钧一发,因为三个星期之后,他们住过的博劳路59号公寓楼就被德国轰炸机炸成了一片瓦砾。

纳博科夫的幸运,衬托出了本雅明的不幸。本雅明是德国尤太知识分子,希特勒上台后,他也被迫流亡到法国。几年后,在德国军队占领巴黎的前一天,他继续向南欧逃亡。1940年9月,他和一组尤太难民企图通过中立国葡萄牙前往美洲,可是途经西班牙的时候,弗朗哥政权下了一道命令:西班牙不允许难民过境到第三国。获令的边境警察于是通知,将这些难民在第二天遣送回法国。绝望之下,本雅明当晚服毒自杀。可是,第二天早晨发生的事情十分诡异——与本雅明同行的那些尤太人意外地没有被遣送到法国,而是鬼使神差地通过了西班牙的边境关卡，最终抵达中立国葡萄牙。

几个小时的差异，竟酿成了一场生死之别，命运如此诡秘离奇，不能不叫人愕然。设想本雅明再犹豫七八个小时，比如熬到天亮，也许等待他的命运不是纳粹的集中营，而是他所渴望的自由。

63

1937年，纳博科夫最初携家眷搬到巴黎去住的时候，他的弟弟塞尔盖·纳博科夫已在这里生活了十几年，兄弟两人即使不是朝夕相处，也经常来往。但塞尔盖的名字很少在纳博科夫的笔下出现，为什么？这一直是个谜。

纳博科夫的自传《说吧，记忆》里，偶尔用几个字或者几句话描写塞尔盖，但那所谓的描写，总是躲躲闪闪，闪烁其词，这让我大感不解，塞尔盖在纳博科夫的生活中为什么如此含糊暧昧？

说到年龄，弗拉基米尔（纳博科夫）和塞尔盖只相差十个半月，他们在圣彼得堡一起长大。这对亲兄弟和世上的许多兄弟姐妹一样，血缘越近，习性越远，这种差异很神秘，简直无法解释。纳博科夫两兄弟命运乖蹇，就在他们即将成人、睁眼看世界的时候，瞬间被第一次世界大战和俄国革命的巨浪卷起，抛往异国他乡。

1919年是他们生活的转折点。

那一年，兄弟两人一同来到英国求学，纳博科夫上剑桥，弟弟上牛津。第一学期刚结束，塞尔盖也转学来到了剑桥，选修和哥哥一样的科目：法国文学和俄国文学。但与哥哥相比，塞尔盖有个天生的缺陷，说话口吃；奇妙的是，只要他张口朗诵诗歌，这个毛病马上不治而愈。不妨设想一下，假若塞尔盖能活在一个用诗歌代替说话的世界，这个缺陷也就不复存在了。

纳博科夫兄弟在1922年同时毕业，回到柏林，双双获得柏林某家银行的职位。可是，在上班的头一天，纳博科夫只在办公室里坐了几小时，就不见了踪影，并从此辞职，回家埋头写作。塞尔盖好歹坚持了几天，但熬过第一周以后，也辞去了银行职位。人总是要生存，不能喝西北风，以后的生计怎么办？幸而，兄弟两人都有很高的语言天赋，凭着自己的语言能力，两个人开始靠辅导外语来谋生。但是毕竟，给人辅导外语既不是稳定的工作，又没有体面的收入，这样选择的后果是，纳博科夫失去了自己的未婚妻，谁愿意把女儿嫁给一个没有稳定收入的人？最后是她的父母替女儿解除了婚约。

熟悉纳博科夫小说的人都知道，他的文笔擅长经营细节，人物刻画更是驾轻就熟。但不知为什么，每次提到塞尔盖的时候,纳博科夫偏偏无话可说,弟弟总像一个难以启齿的话题。我在纳博科夫的自传里找到一段描写,是写塞尔盖打网球的姿势,仅有寥寥数语,倒不如不写更好。相比之下,他对奈斯毕特的描述要生动得多,活灵活现,呼之欲出。面对如此明显的不公正,纳博科夫从不否认,他曾经写道:"我对往事的追忆无比丰富,充满细节,唯有他,只剩下一个影子。"读到这里,我真想问问纳博科夫,以这样的姿态对待自己的弟弟,是不是有点残忍呢?

这里当然是有原因的。什么原因?记得纳博科夫在剑桥的时候,写过几首小诗,拿到剑桥大学的一个杂志社去发表。当他发现刊物的主编说话结巴的时候,情绪立刻开始转变,不再留心对方在说什么,而是莫名其妙地关注起周围的一些琐碎事物,比如窗户玻璃里的瑕疵、屋顶和烟囱之间的曲线、字纸篓里正在腐烂的玫瑰花气味,等等。这是怎么回事?很可能,纳博科夫对口吃有一种生理上的厌恶。塞尔盖的口吃是不是给他同样的反感?或者由于纳博科夫的这种嫌弃而造成了兄弟间的龃龉?但他们是亲兄弟,不是陌生人,一个小小的生理缺陷如何能够抹去弟弟的存在?纳博科夫自己的解释是,塞尔盖给他的写作带来很大的挑战,其难度超出了小说《塞·纳特的人生真相》里面的所有困难。这是什么意思?他有难言之隐吗?

64

纳博科夫真不愧为经验丰富的作家,他把自传写得滴水不漏,叫人很难从中窥测出他刻意隐藏的东西。而他的小说《塞·纳特的人生真相》则不然,里面充满暗示、隐语、曲笔和预言,无论从哪个方面,都经得住玩味和推敲。我当然知道一个人冒昧揣测作家的生平和他的作品之间的关系,就已经犯忌了,但《塞·纳特的人生真相》实在是一本不同寻常的书,我忍不住要破一回例。

小说写一对同父异母兄弟的故事,这样的构思恐怕不是偶然。它是不是写出了纳博科夫在生活中无法传达的情感?我的猜测不是无穴来风,小说叙述人V有时不经意说出的一句话,就可能是某种拐弯抹角的隐语,随便举个例子,V说:"有一次,我碰巧观察两个网球冠军比赛,这是两个亲兄弟。他们两个人的打法完全不同,其中一个人比另一个人强很多,但两个人在场上跑动的整体节奏却一模一样。假如能把他们运动的轨迹画下来,我们就得到两个一模一样的图形……我敢说,我和塞之间也存在某种相同的节奏。"

谁是"塞"?我想,问题的关键在这里。

塞·纳特，在小说里是哥哥S，讲故事的人是弟弟V，这个安排把纳博科夫V（Vladimir）和塞尔盖S（Sergey）在真实生活中的兄弟关系，正好给颠倒过来，让弟弟V写哥哥S，而不是哥哥写弟弟，但事实上，是作家纳博科夫V在写弟弟塞尔盖S。如此曲笔，我以为其中隐含的，恰是纳博科夫擅长的字母游戏，它是围绕V和S之间展开的故事。为了把纳博科夫的字母游戏弄清楚，我顺手画了一张简单的草图：

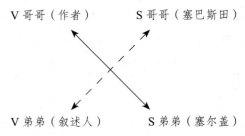

左上角至右下角的轴线，把纳博科夫V和塞尔盖S贯穿起来，形成现实生活的轴线；而与之相交的虚线，也就是小说的轴线，它把右上角的哥哥塞巴斯田S，和左下角的叙述人V连在一起，每根轴线都代表各自的时空世界。右上角的S是英文Sebastian的缩写，他是叙述人V的哥哥，右下角塞尔盖名字的缩写也是S，他是作者纳博科夫的弟弟。

我们再来看V，在小说中，V字是叙述人名字的缩写，他是S的弟弟，但V碰巧也是作者纳博科夫自己的名字 Vladimir（弗拉基米尔）的缩写。这些轴线箭头的运动轨迹，不仅交叉，而且对称，一目了然地勾勒出叙述人所说的兄弟之间"相同的节奏"。从草图上可以看出，纳博科夫 V 与叙事人 V 之间，既重合又颠倒，同时，塞尔盖 S 和塞巴斯田 S，也是既重合又颠倒，都是字母 V 和 S 交叉组合的结果，最后构成几重奇怪的巧合。

这几重巧合意味深长，只有使用拆字法才能揭开其中的谜底。

有一次，我讲课的时候，有个学生举手提问，什么是文本分析？我说它不是普通的阅读，而是智力游戏，与下棋、推理小说和数学的博弈论差不多，这些领域之间既隔又不隔。如果大侦探福尔摩斯是文本分析的一位高手，那么侦探小说家柯南·道尔，更是高手中的高手。值得一提的是，发明博弈论的数学天才约翰·冯·诺伊曼，也是侦探小说迷，更是解读福尔摩斯侦探小说的能手；诺伊曼与奥斯卡·摩根斯特恩合著的那部博弈论经典《博弈论与经济行为》，里面有些数学公式，就是从福尔摩斯侦探记的情节中推导出来的。由此可见，任何人只要获得文本分析的诀窍，运用起来则放之四海而皆准，适用于历史、法律、经济、文学，甚至任何需要诠释的生活对象，为什么？因为文本分析是思想的侦探仪，而思想和罪犯一样，无孔不入，无处不在。

文本分析的方法之一，就是拆字法。这个游戏的迷人之处在于它的解码潜力，如果通晓并能够运用这个潜力，它就会帮你找到一条通往真相的曲径——这个曲径可能十分狭窄曲折，但是行进其中，乐趣无穷。

面对纳博科夫的文字游戏，我现在想弄清楚的是，V和S的巧合中究竟隐藏着哪些深意？为了解开这个谜，凭借拆字法的逻辑，我反复研究V和S的交叉组合以及两者的运动轨迹，算一算总共产生多少种可能性。

有一点我不会轻易放过，那就是纳博科夫的叙述人V在小说第十八章里说过一段话，这些话琢磨起来，耐人寻味。他说，人生的图案经纬交织，繁复无穷，但它无非凝练于几个字母的组合，具有慧眼的人能将它一眼看穿，揭开各种各样的字母组合的谜底。字母组合之谜，这是纳博科夫给我的关键提示。

我接连在圣日内维耶图书馆读了几天书，这里的环境有利于集中思考，灵感有时不期而至。一天下午，我在上面那个草图上随手乱画，忽然，一个潜在线条运动让我激动起来，我把这个线条逻辑地引申下去，就出现了另一种可能性，比如说，在草图两边各加一个小箭头，意思是让左上角V字打头的轴线，做逆时针方向90度的旋转运动，直到它与虚线重叠。两条线一旦重叠，那么作者纳博科夫V与小说叙述人V便合二为一，生活中的哥哥，置换为小说中的弟弟。按道理，作者把自己植入叙述人的情况，一点也不新鲜。但接着下来，我回头再看右边S字那一头，发现那两条线重合以后，小说里的哥哥塞巴斯田S，与纳博科夫的弟弟塞尔盖S合二为一。这里有没有特殊的含义？

我在盯着右边这条重合的线看时，隐约觉得有什么地方不对头，过了一阵，心中蓦地一惊，几乎不敢相信眼前的一个事实，因为一个可怕的预言就呈现我的在眼前：S哥哥（早逝）＝塞尔盖S（早逝）？

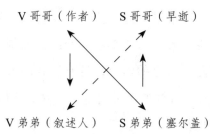

这个意外的发现不由让我打了一个寒颤，原来是这样，我发现了一个关于塞尔盖早逝的预言，它早已深深地嵌入《塞·纳特的人生真相》的文字游戏之中。

我不觉得纳博科夫是有意为之，弟弟那时活得好好的，他凭什么要诅咒自己的弟弟呢？问题是，一个作家他自己也未必意识到文字的魔力来自何方。假如纳博科夫真正意识到这一点，他还敢如此轻松地操纵文字吗？这一类的预言多少有点接近占卜术，古人占卜使用的符号技术,从来都离不开文字游戏和数字游戏。

几年后,这个可怕的预言在真实生活里应验了。

65

纳博科夫带着妻儿抵达美国的第二年——1941年——出版了小说《塞·纳特的人生真相》。小说的开头几章,交代塞·纳特S和叙述人V的流亡生活。纳特活着的时候,兄弟之间寡言少语,不善交流,这同样也是纳博科夫和塞尔盖这对兄弟之间的实际状况。在小说里,哥哥纳特变成著名作家,然而就在他声名鹊起的时候,突然心脏病发作,骤然死亡;弟弟V闻讯从巴黎赶到伦敦,履行哥哥的遗嘱:必须销毁所有的来往信件。V从纳特的办公桌抽屉里找到一批信件,遵照遗嘱把这些信件一一投入壁炉。一刹那,熊熊燃烧的火苗将一张有字的信笺展开,照亮了上面的字,使V无意中瞥见一个神秘女郎的笔迹和上面的几个字,这位女郎是谁?接下来的情节跟着V寻找纳特身后的神秘女郎而徐徐展开。

凡侦探小说,开篇的文字往往都有卖关子的嫌疑。纳博科夫的确是在戏仿侦探小说,不过,他只是虚晃一枪,读者不必拿这一条侦探线索当真——女郎的笔迹仅仅是诱饵，而小说叙事真正要追踪的，不是笔迹背后的神秘女郎，而是女郎背后的 S。小说如此结构，我们当然想知道为什么，我想，可能由于小说中的兄弟之间存在一道无法逾越的鸿沟，V 无法接触到 S 的生活真相，因此不得不借助于神秘女郎的面纱。

说起来，现实生活中的塞尔盖根本不需要一层面纱，他本人就是那个神秘"女郎"，因为他是同性恋。这里麻烦的是，纳博科夫完全不能理解，也不接受弟弟的情感生活。他在十五岁的时候，偷看了塞尔盖放在桌子上的日记，发现了弟弟的感情秘密，在不知所措中，他把日记拿给家庭教师看，家庭教师又把日记本交给了他们的父亲。至于父亲如何惩治塞尔盖，纳博科夫一直讳莫如深。

许多年以后，他对弟弟在巴黎和奥地利两地的同性恋生活始终嗤之以鼻，甚至拒绝拼写"同性恋"这个词，害怕弄脏了自己的手。通过各式各样的曲笔和暗示，我们了解到，生活中的塞尔盖不仅口吃，他还是一个备受歧视的同性恋。

纳博科夫带着家人离开巴黎的那一天，塞尔盖不巧外出，兄弟之间来不及告别就分手了。塞尔盖决定留在欧洲，据说是为了和他的同性恋伴侣在一起；麻烦的是，纳粹德国从来都把对付犹太人的手段拿来迫害共产党和同性恋，所以未能出逃的塞尔盖，一直都在盖世太保的监视之下。

1943年，他在柏林被逮捕，公开的罪名是散布颠覆性的言论，还被指控为英国间谍，最后关进德国汉堡附近的诺因加默集中营，两年后，他在集中营里死于饥饿和疾病。

作家的直觉有时十分惊人。纳博科夫在巴黎构思《塞·纳特的人生真相》的时候，他不可能预先知道塞尔盖将被关进纳粹集中营，他也不可能预先知道弟弟会早逝，这一切都是到了战后，他从亲戚朋友的口中获知的。但奇怪的是，在《塞·纳特的人生真相》的情节里，作家似乎提前几年就预见了S的早逝，不但S的早逝完全在预见之中，而且由于S的猝死，也由于其他的阴差阳错，V和S最后连告别的机会都没有。这样的生死离别，竟然全在小说的预见之中，这几乎无法解释！

66

自从走访塞纳河对岸的博劳路59号之后，我陷入了整整两天的苦闷。纳博科夫和他的小说《塞·纳特的人生真相》，纳博科夫的弟弟塞尔盖，以及小说内外交织在一起的真假兄弟之谜，这一切似乎都和我的六个字母之谜有关，可是，它们究竟是让我离谜底更近，还是更远？有时午饭后，我独自坐在咖啡馆里，陷入长久的冥想,解开谜团的钥匙究竟在哪里?

奈斯毕特——我必须直接面对奈斯毕特。

一天傍晚,我在大街上散步,忽见对面有一个广告橱窗,橱窗内贴着一张鲜明的舞台剧照,照片的拍摄角度有点特别,吸引我走到近处细看。走到跟前,才发现剧照下面印了一行小字:柏林青年导演汤姆斯·奥斯特迈尔隆重推出新型实验话剧《娜拉》。一个当代实验版的易卜生话剧《玩偶之家》?演出在哪一天?刚好,当晚七点有一场,就在附近的小剧场。我快速查了一下地图,这个剧场离我只有两条街的距离,看了一下表,六点过五分,完全来得及。

走运的是,我不但临时买到一张票,而且是开演前的降价票。座位虽然靠后,但并无大碍,因为这是小剧场。我坐下环顾一周,从人们的衣着和表情来判断,观众里有不少戏剧界的业内人士,我身后就坐着两位,看样子像同性恋。

大幕徐徐拉开,娜拉在舞台上刚一亮相,她身上的普拉达式样的奇怪装束,立刻引起后面两个人嘀嘀咕咕。柏林导演也未能免俗,按照当下的流行,把十九世纪的舞台背景更新成二十一世纪德国中产阶级家庭的客厅,沙发是真的,那门也是真的,导演、表演和舞美都写实,但起码台上没有布满大大小小的 LED 屏幕,这让我松了一口气。我一边看着《玩偶之家》,一边同情那些演员,这样不今不古的演出，使他们在舞台上的表演受到种种的限制。现在想来，胡适当年推崇的洋话剧差不多与此类似，不知为什么，我始终觉得胡适的文学趣味带着一股挥之不去的媚俗气味。鲁迅和他截然不同，看了《玩偶之家》以后，鲁迅马上问，娜拉走后会怎样？

突然，"叭叭"两声枪响，把我的思绪重新拉回舞台，台上的戏这时进入高潮，我定睛一看，娜拉的银行家丈夫应声倒地，被娜拉开枪打死。我愕然，这自然不是易卜生原版话剧的结尾，场内一片骚动，身后的两位男士肆无忌惮地大笑起来，我听其中一人评论道，奥斯特迈尔（导演）这家伙好胆大，他比好莱坞还好莱坞。

散场以后，我独自往旅馆走，一路上满脑子里都装着易卜生。回到旅馆前台拿钥匙的时候，值班女服务员说：等等，你有一个电话留言。她从抽屉里取出一个小条子。我接过一看，上面写着：英国来信，请速查电子邮件的扫描附件，落款是我系里的秘书。

67

事态急转直下，完全出乎我的意料。

没想到，第二天上午十一点多的时候，我已经坐在巴黎开往伦敦的高速列车里,经过英吉利海峡的海底隧道,驶向英伦岛。列车在田野上向西飞驰,我满心愉悦地望着窗外明亮的风景,脑子里闪现各种各样的设想,这趟旅行能不能为我解开奈斯毕特之谜?中午十二点半的时候,火车开进圣潘克拉斯火车站,伦敦到了。

按照原来的旅行计划,如果收不到伦敦的来信,我打算两天后从巴黎飞回纽约,幸亏头天晚上在旅馆接到电话留言。回到房间以后,我马上查找计算机里的那封系里发给我的邮件,附件里果然是英国戏剧专家给我复信的扫描件。欣喜之余,我惊讶这封信是用老式雷明顿16型打字机直接打在信笺上的,也许是他本人的口述,由秘书用打字机录写下来。在学界,我的有些老前辈至今拒绝用计算机,他们口述给打字机秘书,据说秘书打字的"啪啪啪"清脆悦耳的响声,给他们带来源源不断的写作灵感。

戏剧专家的信写得不长,有以下几点关键内容:

一是他年轻的时候曾经接触过普利斯特利,后来参与过整理他的档案。

二是他从未想过普利斯特利是不是英国的易卜生,这是见仁见智的事。

三是他本人年事已高,早已退休,不与外界接触。

四是他建议我去英伦岛拜访两个人。一个是英国戏剧协会的成员,名叫倪尔逊,家住伦敦;另一位是普利斯特利的第三任妻子的好友的后代，名叫慧勒，她家住伦敦北部的德莱姆市。

最后在信的结尾处，他把这两个人的联系电话写给我，并说我的疑难这两个人都能解答，最后写了一句：祝你走运。

多半是一名隐士，他显然不愿意我去打搅他的安宁，因此借机把另外两个人推荐给我。这两个人真能解答我的疑难吗？我半信半疑。到底是打道回府，还是按原计划去一趟伦敦？我犹豫不决，眼前的两个电话号码实在吸引人。我想起几年前坐火车去日内瓦，中途转车去蒙特勒本来伸腿就到，但我未能下车反而错过了，后来懊悔不及。既然伦敦离巴黎这么近，还有什么可犹豫的？一不做二不休，第二天一早就动身。

68

我坐在车厢舒适的沙发椅上，一路望着窗外的风景，沉浸在一片憧憬之中。不知道为什么，我开始又有了信心，这次去伦敦见那两个人，一定会有收获，至于什么收获，会不会有根本的突破，我自然很难预见，但心中充满了期待。为了消磨时间，我取出随身带着的一本书，

C. P. 斯诺的《陌生人与兄弟们》，聚精会神地读起来。

斯诺是剑桥大学的物理学家，并不是萧乾认识的那位出版《红星照耀中国》的美国记者斯诺（Edgar Snow），他们同姓不同名。C. P. 斯诺的这部小说里的人物，全都以贝尔纳、李约瑟、霍尔丹和他身边的其他剑桥科学家为原型，这些人都是他的朋友，虽然是小说，但里面分布了大量的真实信息，我把它带在身边，随时抽暇读一段，说不定会有意外的收获。

但细想之下，斯诺笔下的陌生人和我写的陌生人可能不是一类人，尽管他写的是英国社会中形形色色的人，里面也有些灵魂上不安分的人物。而像纳博科夫，或者是像维特根斯坦，两个人虽然先后在剑桥的三一学院求学，维特根斯坦后来还成了哲学教授，但他们毕竟是外国人——里里外外都带着"异类"标记的陌生人。不过，相比之下，恐怕维特根斯特之"异"，更胜于纳博科夫。由于二战的爆发，维特根斯坦最终加入了英国国籍，但他对融入英国的主流社会实在不感兴趣，并以自己的方式一直进行抵抗，到最后，终于不能忍受，把剑桥大学的教授这个金饭碗给辞掉了。

维特根斯坦这个陌生人，在剑桥大学是一道独特的风景。

可能是由于这位教授的著作晦涩难懂，而他身上的怪癖又人人皆知，因此，但凡他开的课，各路的本科生都抢着到他的课堂上来，一睹风采，就连后来成为人工智能之父的艾伦·图灵也跑来听讲，而且始终不渝地坐在教室后面，几乎从不缺席，有时还会和老师争辩一通。

1939年春季学期，维特根斯坦开了一门课叫"数学的基础"，重点不是数学，而是数学的哲学基础。开学那天，维特根斯坦身穿便服，不打领带，脚一踏进教室，就发现座无虚席，连地板上也坐满了学生。他脸上显得有点不高兴，倒退一步，口气略带沮丧地说，我的课堂不是旅游圣地，观光是不允许的。接着，拖过黑板前的那把椅子坐下，他与前排学生对视了半分钟，手里既没有拿书，也没有教学笔记。他的教学是在和学生的问答中进行的，既不用书，也不引经据典。图灵原是剑桥的本科生，他从普林斯顿读完博士学位以后，又返回了剑桥，也特地跑来旁听。想不到的是，维特根斯坦只留了少数几位数学专业的学生在课上，把其他人统统赶走。在剩下的人里面，就有图灵。

维特根斯坦在课堂上怎样表现，有关方面的细致描述虽然不多，但我可以设想学生和老师之间有过这样的对答：

维特根斯坦：当代数学的最大麻烦，是因为它遭到了逻辑学的侵入，比如"撒谎人的悖论"就是最常见的例子。

图灵:"撒谎人的悖论",罗素教授本人就喜欢引用,你说它侵入了数学,有什么坏处呢?

维特根斯坦:就拿"我在撒谎"这句话来说,哲学家喜欢用它来为逻辑学论证:如果说这句话的人确实在撒谎,这句话本身就不成为谎言;如果他不在撒谎,那么这句话就是谎言——自以为聪明的人,爱用这一类的悖论、自相矛盾的困境或其他的智力游戏,证明自己比别人聪明。哲学家为什么要这样做?那是为了论证逻辑学的必要,哲学家比普通人高明吗?我看未必。这里最大的问题是,哲学家误解了语言的功用,他们想游戏语言,反而被语言游戏了。

图灵:那抛开语言不说,数学本身能容忍悖论吗?

维特根斯坦:啊,这就是问题所在;可你为什么不问,我的生活能容忍悖论吗?日常语言里有很多自相矛盾的困境,数理逻辑究竟是要躲避这些困境,还是面对它们?

图灵:我的意思是,如果数学能容忍悖论,它是否会引出致命的错误,就拿一座大桥的计算来说,悖论的存在会不会导致大桥的坍塌?

维特根斯坦:你提了很好的问题,我们下周将围绕大桥设计和建筑行为来进一步探讨数学的哲学基础。

这时有学生插话:那亚里士多德的哲学能不能给我

们一些启示？

维特根斯坦：为什么要读亚里士多德？我就不读亚里士多德，读一点托尔斯泰和陀思妥耶夫斯基吧，他们给你的启发会更多。

…………

图灵和维特根斯坦课堂上真的有过类似这样的争论吗？确实有过，因为有人在回忆录里提到过，可惜语焉不详。这样的两个智慧的人物是如何碰撞的？擦出过什么样的火花？尤其是关于机器会不会思维这一类的世纪之问，他们之间有没有直接的交锋？这些问题让我非常着迷，期待有朝一日能找到答案。

英国文学教授 I. A. 理查兹也跑去旁听过维特根斯坦讲课，感受深刻。为此，他写了一首小诗，题为《误入歧途的诗人》。在这首诗中，维特根斯坦魅力四射，身上有一种清癯的美，眼睛深邃而明亮，但总有一个东西藏在他傲视尘世的目光后面，那是一种深刻的痛苦。有时候，课程正在进行之中，维特根斯坦就会突然停下，在众目睽睽之下，一言不发，陷入苦苦的思索，任凭汗水一缕缕从他高阔的额头上流下；还有时候，他对自己大发脾气，绝望地对着天花板大喊："天哪，我简直就是个大笨蛋，我这个笨蛋！"

剑桥奇人多矣，可从未见过这样痛苦的哲学家。说实在的，痛苦的诗人，我这一辈子见过不少，可是从来没有见过一个痛苦的哲学家。在我的印象中，当代哲学家几乎每一个人都真理在握，踌躇满志，觉得自己有足够的能力怀疑周围的一切，唯独就是不怀疑自己。这和维特根斯坦的生存状态形成了鲜明对比。

维特根斯坦和其他哲学家的最大区别是什么，在我看来，是他毫无顾忌地把自己的内心挣扎和困难，在课堂上对学生们和盘托出。这种做法在大学的讲堂上，可以说绝无仅有。在某种意义上，他活像一个虔诚的基督徒，在上帝面前毫无保留，愿意把自己内心的纠结全部坦露出来。不过，这个比喻并不恰当，因为维特根斯坦是奥地利的尤太人，是一个不信教的尤太后裔。可是，我实在找不到更恰当的语言来描述他对哲学思考的虔诚。也许，正是这种虔诚对剑桥的大学生有着特别的吸引力，以至跑来听课的崇拜者里，还有不少女生。

维特根斯坦从不隐藏他另一个"怪癖"：偏爱男生，嫌弃女生。这当然和他的同性恋倾向不无关联，可是命运多舛，他的那些弟子中最有出息的偏偏是两名女生，不是他看中的那些男生。伊丽莎白·安斯康姆（Elizabeth Anscombe）就是其中的一位。作为哲学家，安斯康姆成就不菲，她后来当了牛津大学的哲学教授，也是维特根斯坦亲定的哲学手稿继承人之一。在课堂上，维特根斯坦经常无意中流露出对安斯康姆的器重，据说，有一天他兴高采烈地对她说："谢天谢地，我们终于把所有女生都赶走了。"哲学家显然忘记了安斯康姆也是女生。维特根斯坦过世后，正是安斯康姆负责整理和出版了大部分维特根斯坦的著作，尤其是他的晚期名著《哲学研究》。众所周知的是，哲学家在生前只出过一本《逻辑哲学论》，但即使对自己出版的唯一著作，维特根斯坦到晚年也毫不犹豫地加以全盘否定。

由于我的一部分研究涉及人工智能的哲学，所以维特根斯坦的另一名女弟子，玛格丽特·马斯特曼，开始吸引我的注意。不过，这个名字除了人工智能领域的一些专家之外，哲学界几乎没人提起，可以说默默无闻。我翻阅雷·芒克写的维特根斯坦传，里面列举了他在剑桥大学教过的学生，发现书中只有一次提到马斯特曼，显得无足轻重。这样一位做出过重大贡献的哲学家，为什么遭到如此不公平的命运？我的猜测是，传记作者不熟悉人工智能研发的历史，更不知道马斯特曼是人工智能技术重要先驱人物之一。而事实上，假如没有她在二十世纪五十年代创立的剑桥语言研究所（C.L.R.U），没有这个研究所的学者群体为人工智能所做的很多基础研究，特别是对机器翻译和信息自动检索的探索，那么当代人工智能使用的核心技术，是不是要晚上几十年或更多时间才能出现？我认为大有可能。

听上去，马斯特曼的剑桥语言研究所好像是剑桥大学的一部分,其实不然。这个研究所很奇特,因为它设在了马斯特曼和她的丈夫在剑桥市的家里。这是一座带着小花园的楼房,乍看很不起眼,但里面大大小小的屋子很多,不但住着马斯特曼和她的丈夫、一个智障的妹妹,一位从爱丁堡大学退休的女哲学家,几位在剑桥读书的博士生,还有一群找不到工作的数学家。

所谓的剑桥语言研究所(C. L. R. U),无非就是住在马斯特曼家里的那一群人。而他们过的日子不一般,不但有各种奇人,还有各种奇事,住在二楼的一位数学家,他专门喜欢半夜在木地板上走来走去,一边踱步,一边思考数学问题,夜夜如此。到最后,这深夜的踱步声让大家忍无可忍,于是在花园里给他搭了个棚屋,一到晚上,就把这位数学家请出小楼,让他到花园棚屋去住。

有趣的是,这个分属哲学、数学、计算机和语言学的小群体,给自己起了一个别致的绰号——"顿悟哲学家"(Epiphany Philosophers)。他们经常聚在一起喝酒、吃饭、聊天和散步,在科学和人文之间跨来跨去,热心于无止无休的争论,以从中求得"顿悟"。在其中,这一家的男主人,马斯特曼的丈夫才正经是剑桥大学三一学院的哲学教授,他没有直接参与剑桥语言研究所的运作,但是慷慨地允许自己家里,住着这么一批怪人。而在这批怪人中,有不少后来在计算机科学界成为叱咤风云的人物。我忍不住想到谷歌公司引以为傲的搜索引擎，归根结底，谷歌搜索引擎的神秘算法最初得益于凯伦·斯帕克－琼斯的博士论文，这几乎是人工智能界的共识。很多人不知道，这篇重要的论文，正是剑桥语言研究所，即"顿悟哲学家"小群体的成果之一；我还要补充一句，它是斯帕克－琼斯在马斯特曼的指导下完成的。

69

剑桥就有这么一群活跃在正统哲学之外的"顿悟哲学家"，也有像沃丁顿那样写艺术史的科学家，还有像C.P.斯诺那样写小说的科学家，看起来都不务正业。斯诺是剑桥大学基督学院的科学家，他热爱推理小说，自己也写小说，写出了像《陌生人与兄弟们》这样的小说系列。他能文能理，最喜欢让英文系的教授难堪，比如他说科学家个个都读过莎士比亚（指的是老一代的科学家），人文学者中有几位能看懂热动力学的第二定律？再说，科学家中有人能当作家，人文学者能从事科学研究吗？言外之意，科学家比人文学者高明。

这个推论真是无懈可击，类似的例子我也能帮他举出一大堆，他身边的贝尔纳、沃丁顿，还有李约瑟，不个个都是能文能理的天才吗?这些人无时无刻不在证明,优秀的科学家很优秀,平庸的人文学者很平庸。不过,这种推理也有它致命的缺陷,因为它不能解释为什么英国的教育体制长期以来重文轻理,而这种不公为什么一直延续到二十世纪中叶。要不然,斯诺自己为什么要跑出来捍卫科学家,说什么科学与人文是两种对立的文化,在社会上引起长久的争论?这不是很吊诡吗?

这种隐秘的吊诡并不易识别,我自己也思索了很久才弄明白。问题不在于谁比谁高明,那不过是混淆视听的烟幕弹,这里真正的问题在于,如何认清英国统治阶级的知识构成?因为有怎样的知识构成,就有怎样的统治和被统治的关系,反之亦然,循环往复,古今中外莫不如此。那么,都是什么知识构成了统治者的"学历"?以英国贵族世家的子弟来说,不是习武,就是从文,这是欧洲封建制度遗留给他们的教育传统,自中世纪有了"牛桥"这样的大学以来,广义的文科——神学、古典文学(古希腊文学和拉丁文学)、历史学和法律等——始终都在维系英国统治阶级的世袭地位,而广义的文科修养也成为"牛桥"统治阶层的身份标记。此中要义,只要看看"牛桥"的贵族绅士子弟如何选择他们的学科专业,我们就一目了然。

就拿纳博科夫的同学巴特勒为例,这个人在剑桥学的是法国文学、历史学和国际关系,后来走的是一条典型的剑桥人的仕途。巴特勒毕业不久就做官，一直做到英联邦的副首相。再说纳博科夫，他在剑桥学习期间，贵族出身可以说无时无刻不在暗中作用，影响他的抉择——虽然他对生物学充满兴趣，但最终选择的专业还是法国文学和俄国文学，其原因倒也简单：落难公子不愿意在实验室干活，弄脏他的手。上溯到纳博科夫的家族，他的祖父当过亚历山大二世时期的俄国司法部长，父亲从政之前学的是法律，这一家三代人的文科背景与欧洲和英国贵族的教育相差无几，不过，他们有个共同点，那就是尽量不沾科学的边。

当然，例外总是有的，例外往往证明常态的强大。"牛桥"贵族学生中有个著名的叛逆者，他是生物学家J. B. S. 霍尔丹。霍尔丹出身于苏格兰的贵族世家，在第一次世界大战中带兵打仗，功勋累累，隶属于精锐的苏格兰皇家高地警卫团。一战结束后，年轻的霍尔丹考入牛津大学的新学院，主修古希腊文和拉丁文学，并修了数学的双学位，毕业后，他成为自学成才的生物学家，在生物学界那是赫赫有名。

我开始注意霍尔丹这个人，是因为他和纳博科夫一样，都属于1919级的"牛桥"人。霍尔丹思想激进，想象力丰富，在很多方面与奈斯毕特的形象刚好吻合。奈斯毕特手不离烟斗，他也手不离烟斗；奈斯毕特喜欢诗歌，他也喜欢诗歌，不仅自己写诗，而且写小说。有意思的是，霍尔丹似乎不满足于和剑桥帮的这种表面的相似，后来，他和那位崇拜列宁的牛津数学家哈迪一起，先后放弃牛津教职，跑到剑桥，干脆加入以贝尔纳、李约瑟、沃丁顿和布莱克特为中心的左翼科学家群体。

更有甚者，晚年的霍尔丹在国际舞台上演了一出惊人的戏。他当年在科学界已经取得崇高的声誉，1952年英国皇家学会把达尔文奖颁给他，那就是明证。但是在1956年，霍尔丹突然宣布放弃英国国籍，加入印度国籍，让所有的人都大吃一惊。这到底是怎么回事？霍尔丹解释说，他这样做，是为了抗议大英帝国违反国际道义，借苏伊士运河危机入侵埃及，为此，他不情愿继续做英国国民。不仅如此，刚宣布完毕，他就干脆把家搬到加尔各答，当真入了印度国籍，直到病逝。由于他的这些古怪行为，有人说，神童霍尔丹老了以后，脑子变得糊涂起来。世界上只有印度人想当英国人的道理，哪有英国人想当印度人的道理？

我曾一度揣测，这样一个传奇人物会不会是奈斯毕特？可惜这个揣测有一个致命的缺憾，霍尔丹是牛津人，而纳博科夫从未在任何地方暗示奈斯毕特上过牛津大学。再说，奈斯毕特从牛津大学老远跑来找纳博科夫？这种可能性几乎等于零。由于这个原因，霍尔丹这条线索，我很早就放弃了。

70

每回来伦敦,我都喜欢住在罗素广场附近的一家小旅店,它离大英博物馆和伦敦大学只一箭之遥。我从圣潘克拉斯火车站打车到这里,入住旅店之后,很快就拨通了倪尔逊先生的电话,接电话的是倪尔逊本人,他热情直爽。我们说好,第二天中午在附近的兰姆酒吧碰面。

晚饭后,我在电话上与慧勒女士也取得了联系。慧勒女士在听我说明来意后,马上建议第二天傍晚六点半,在国家媒体博物馆门口碰面。我问媒体博物馆在哪里,她说不在伦敦,在布莱德津,伦敦的北边,离伦敦大约有两个多小时的车程。我把这个地名仔细写在一个信封上,暗自嘀咕,她本人不是住在德莱姆吗?为什么提出要在布莱德津见面?转念一想,其实两个多小时的车程也不算什么,只要午饭后赶到火车站的时间不晚于三点半,我准时到应该没问题。

第二天中午,我从旅馆出发,步行穿过罗素广场,再走过一条街,就站在了兰姆酒吧的门口。这个酒吧有点不寻常,很多英国作家、艺术家和思想家——包括二十世纪初期鼎鼎大名的布卢姆斯伯里小团体的成员,像作家弗吉尼娅·伍尔夫和她的丈夫莱纳德·伍尔夫,经济学家凯恩斯，艺术评论家罗杰·弗莱，小说家福斯特，画家瓦内沙·贝尔、邓肯·格兰特，传记作家雷顿·斯特拉奇，还有汉学家韦利（Arthur Waley）等——都曾经是这里的常客。他们中的大多数人都毕业于剑桥大学，所以当地有一个说法，布卢姆斯伯里团体是聚集在伦敦布卢姆斯伯里区的剑桥帮。

这些文人经常聚在兰姆酒吧，一边喝酒，一边聊天，不过他们很少家长里短，都是争论有关哲学、艺术、战争以及世界和平等大问题。兰姆酒吧自从十八世纪开张以来，持续经营了两个多世纪，虽然维多利亚时期内部重新装修过，但总体没有多大的改观。小说家狄更斯在这一带生活的时候，也经常光顾这里，他死后，兰姆酒吧依然保持原样。狄更斯本人的故居博物馆就在不远处的一条街上，从那里走到兰姆酒吧，要先走过一个丁字路口，再经过一个十字路口，一路右拐就到了，这差不多就是狄更斯当年的活动半径。

我走到酒吧门口，四面张望了一下，不见倪尔逊先生，于是进去转了一圈。酒吧里面开间不大，光线昏暗，天花板很低，墙壁皆为深棕色，只有U形吧台上的酒瓶和玻璃器皿上映出的点点光亮。坐在吧台周围喝酒的人已经不少，吃饭的客人也在陆续到来。

正当我想再度寻觅的时候，一回头，见一位高个头身着西服便装的中年英国男子走到我面前，彬彬有礼地伸出手：我是倪尔逊，你是……我赶紧自报家门，对临时来打搅表示歉意。客气一番过后，我们面对面坐下来。

倪尔逊先生问，你不是第一次来伦敦吧？

我说，从前倒是来过，不过这次是专程为普利斯特利的事而来，我遇到一些难题……

话音未落，服务员上前问候，把菜单递到我们手上。我们一人要了一杯啤酒，我点了一份色拉，他要了一个三明治。在倪尔逊先生扭头与服务员说话的那一瞬，我看到他的鬓角是灰白色的，估计他大约五十岁出头。不过，他人显年轻，精力充沛，与人说话的时候，蓝眼睛里流露出内心的坦诚，是那种让人第一眼见到，立即获得信任感的人。

倪尔逊先生说，你来得巧，我正整理一批有关普利斯特利的资料。我的本行是研究现代出版史的，尤其对作家的手稿感兴趣；普利斯特利这个人活着的时候，花了很多时间写信，他好像整日都在写信，你知不知道，他写信的字数比印成铅字的字数还多？

我摇摇头，普利斯特利是多产作家，我只知道这一点。他既然留下那么多的信件，这对于研究者来说不是天大的好事吗？

我问，这些信，你全都看过？

不能说都看过，但看了不少，有些信件遗失了，不过档案里的东西我差不多都翻过一遍。

我紧接着问，你有没有见过他和纳博科夫的通信？

他沉吟了一下，这个，倒是没有印象。你也对他的手稿有兴趣？

我告诉他，其实我对普利斯特利不太了解，只是因为读到了奥威尔的笔记本，才开始注意这个人。

哦，奥威尔的那个黑名单，倪尔逊先生轻轻皱了一下眉头。

我又问，奥威尔把普利斯特利归为共产党的同情分子，我想，你更了解情况，你认为他是左翼知识分子吗？

他想了想，答道，普利斯特利肯定是同情俄国革命的，二战结束时访问过苏联，回来以后说了一些好话。奥威尔把他写进黑名单，肯定和那些言论有关。不过，我记得在此之前，普利斯特利的广播节目就已经引起英国军情六处的不满，他们给BBC电台反复施压，要求取消他的节目，后来节目居然就被取消了。普利斯特利为什么会触怒军情六处？其实，他只是对国家主义提了一些温和的批评，比如他强调社会共同体和全社会的福祉，反对把国家当作财产来维护。如果这叫左翼知识分子，那么可以说普利斯特利是个温和的左翼，至少我自己是这么看的。在当时，他的观点是绝大多数知识分子的共识，显不出什么特别来，后来他参加联合国教科文组织的活动，也发表了同样的言论。

普利斯特利和教科文组织？这是我第一次听说普利斯特利与联合国教科文组织有瓜葛。

那是什么时候？我忍不住追问。

倪尔逊先生眼睛盯着天花板，想了好一会儿才说，我推算，大约在1947年夏天，因为那时他和嘉可塔正在热恋中。

我追问谁是嘉可塔。

倪尔逊先生说，她呀，怎么来形容？一个聪明美丽的考古学家。她从小在剑桥长大，父亲是生物学家霍普金斯，你听说过霍普金斯吗？

我说知道一点，但全是道听途说，霍普金斯是不是剑桥大学那个著名的邓恩生化研究所的创始人？有人告诉我说，他最早发现了维他命，还得了诺贝尔奖。

正是他，倪尔逊先生点点头说，父亲和女儿都很出色。普利斯特利和嘉可塔认识的时候，他们各自都有家庭和孩子，所以引出很大的麻烦。二战当时刚结束，嘉可塔代表英国为教科文组织做一些事，普利斯特利是知名英国作家，也经常被请到巴黎出席各种国际会议。这两个人坠入情网以后，很长一段时间内都在外国找地方幽会，他们一起去过法国、墨西哥、美国，还去过日本。

我问，这么说，巴黎的联合国教科文组织也成了他们幽会的地方？

倪尔逊先生微微一笑，不置可否。

我立刻想到马热斯蒂克酒店。不久前，我刚去过克莱伯大道19号，没想到那里也是普利斯特利和情人的幽会之处。

1947年夏天，一个听上去很熟悉的日子，我一边继续和倪尔逊先生聊天，一边努力在记忆的迷雾里搜寻。终于想起了一件事，那年夏天，鲁桂珍开完第七届国际生理学大会，从伦敦飞到巴黎，李约瑟与她彻夜长谈，劝说她来联合国教科文组织工作。难道天底下有如此巧合？就在同一个夏天，普利斯特利和嘉可塔，李约瑟和鲁桂珍，两对情侣来到这里，说不定他们在马热斯蒂克酒店的大堂相遇过，说不定，这四个剑桥人曾经坐在一个酒吧里促膝畅谈，说一些剑桥的奇闻轶事。嘉可塔后来变成普利斯特利的第三任妻子。

我和倪尔逊先生在兰姆酒吧不知不觉聊了一个多小时，眼看时间不早了，一会儿要赶火车，我终于向他提了一个难为他的问题。现在想起来，那几乎是记者提问的水平，很好笑。

我问：普利斯特利在现代英国文学中是什么地位？如今人们还关注他吗？

倪尔逊先生认真思索了一下，然后答道：有人说，普利斯特利是二十世纪英国文学的偶像，这大概不是过誉之词。你看，从二战到八十年代他去世的时候，普利斯特利一直都有大量的读者，他的名字家喻户晓；直到今天，他的作品还被选入英国中小学的课本。

我留心到他用"家喻户晓"这个词，这和纳博科夫描述奈斯毕特的方式一模一样，我心中暗想，奈斯毕特和普利斯特利都在英国家喻户晓，这是巧合吗？

我又问：那么现在呢？普利斯特利的作品后来的运气怎么样？现在还有人排演他的剧本吗？前天晚上，我在巴黎看了一场德国人导演的现代版本的《玩偶之家》，说实话，我不太喜欢，但至少说明易卜生的戏无论多么过时，总有人会感兴趣，说明它一直有生命力。

倪尔逊先生点点头说：普利斯特利也一样，他的戏也一直在大大小小的剧场上演，这些戏尤其适合英国人的口味，因为它们侧重于社会冲突和思想冲突，剧本构思也巧妙。你提到易卜生的戏，普利斯特利研究过这个挪威作家，他认为易卜生擅长于心理剧，预见了精神分析家荣格（Carl G. Jung）的到来……

那么，普利斯特利算不算是二十世纪英国的易卜生呢？我又问，心里想到纳博科夫的话。

倪尔逊先生说，有人会这么看，理由是普利斯特利拒绝现代主义，坚持为大众写作，要求文学通俗易懂。但我清楚地记得，他有一次公开发言，自称对戏剧的贡献大大超越了易卜生。

啊，普利斯特利的确拿自己和易卜生做比较，这正是我想知道的！如果易卜生的社会现实剧可以被看作写实主义高峰，而普利斯特利觉得自己比这高峰还要高，这岂不是一个重要的旁证？还有什么比这更能说明他们的思想和写作是多么相近的事实吗？

我的脑子飞快地转动起来，纳博科夫设立的那个Nesbi（t）对应Ibsen的镜像编码想必是成立的，六个字母的解法近在咫尺，我正在步步接近纳博科夫精心设计的那个字母组合的谜底……

你家不是住在纽约吗？倪尔逊先生忽然打断我的思路，还没等我反应过来，他又说：你问到普利斯特利的戏，其实，从九十年代到现在，世界各地都陆续有演出，伦敦的英国国家大剧院和纽约的外百老汇剧场演过《探长来访》和《科尼利厄斯》，其中有一部戏轰动美国，在纽约演了整整一个月，一票难求。

啊，真是惭愧，我居然错过了那些演出信息。下一次他的戏再来纽约上演，我绝不会再放过。

71

匆忙告别倪尔逊先生以后,我打出租车赶到国王十字火车站,坐上了北上的列车。列车徐徐开出伦敦站时,我低头看表,三点零五分,心中庆幸自己没晚到。这时,车厢喇叭传来乘务长的声音:此次列车由东海岸铁路局发车,预计五点十七分抵达利兹……前往布莱德津的旅客,请在利兹换乘北方铁路局的列车……祝大家旅途愉快。

从伦敦出发的这趟列车没有空位,我环顾四周,发现车厢里各种肤色的人都有。如果听不见身边的人讲话,你马上产生幻觉,以为是在纽约的地铁上,这是国际大都市的特点,一点不奇怪。

我身边坐着一位文静的印度姑娘,她的十根手指上每根手指都戴有一枚不同的戒指,单薄的鼻翼上饰有晶莹发亮的鼻钉,长长的睫毛,忽闪忽闪,活脱脱一个美女。

坐在我对面的是两个北非的年轻人,一位活泼爱笑,另一位略有拘谨,他们讲的英语都有特殊口音。过不一会儿,我就探出他们两位来自埃及的亚历山大城。列车开出伦敦不久,那个爱逗笑的小伙子冲我点点头,问道:Japanese？（日本人？）我摇摇头，模仿他的语气反问一句:Moroccan？（摩洛哥人？）我们彼此会意，忍不住哈哈大笑起来。

埃及小伙子和旁边的印度姑娘都计划在利兹下车，唯有我一人是在利兹转车，然后再搭乘去布莱德津的车。下午和倪尔逊先生聊天当中，我偶尔提起下午要赶火车去布莱德津见一个人，他告诉我，布莱德津——Bradford——是普利斯特利的出生地，我忽然明白慧勒女士为什么要选中那个地方和我见面。

在头一天的电话里，我听不出慧勒女士有多大的年龄，在我的想象中，她长着一双灰色的大眼睛，略带一丝忧郁的神情，手里拿着一团毛线，经常心不在焉地织着一件东西，她的手指纤长而灵巧。此时此刻，慧勒女士正从德莱姆出发，坐在南下的列车上，身边的座椅上斜放着一个深蓝色敞口帆布包，里面有一团缠好的毛线，一圈又一圈，慵懒而优美的毛线。她一边织着毛线，一边不时地抬头望望窗外的风景。再过两个小时，我能在布莱德津的国家媒体博物馆门前，一眼把她认出来吗？

列车逐渐减速，过了七分钟，它停靠在一个小站上。我看着窗外的人影在站台上晃来晃去，忽地记起几年前在瑞士的火车上碰到的那位奈斯毕特先生，他在洛桑车站与我告别的时候，转身说过一句话，那句话我记得很清楚：听说 Gwei-Djen Lu 女士后来去了剑桥大学。

两个奈斯毕特，这个巧合真是不可思议。世上同名同姓的人固然不少，可是碰巧我正在寻找化名背后的奈斯毕特的时候，偏偏就来了一个真人奈斯毕特，也许这是个暗示，它意味着，六个字母之谜终将能破解。

奈斯毕特，为什么纳博科夫要用奈斯毕特这个化名？在纳博科夫的自传里，作家本人做过一个解释，他说这个名字是有来源的——曾经有个名叫 R. Nesbit Bain 的英国翻译家（其实那人名字的拼写是 Nisbet），不过，纳博科夫对这个人不感兴趣，只是借用他名字的字母。在纳博科夫眼里，Nesbit 这个名字很有趣，不为别的，就为它里面藏着六个字母的游戏。这六个字母既可正读，又可反读，正读是 Nesbit（奈斯毕特），反读听起来像 Ibsen（易卜生）。

有一天，我家里来了几位不懂英文的朋友，我向他们讲解纳博科夫的字母游戏，讲了半天发现还不能说清楚，我就把 N-E-S-B-I-T 写在玻璃窗上，叫他们跑到反面去看，果然这六个字母的排序反了过来，我划掉字母 T，藏在里面的 T-I-B-S-E-N 的倒影立刻显露出来，它恰好是易卜生 IBSEN 的名字，朋友们这才恍然大悟。

六个字母既能如此转换，奈斯毕特就明白无误地指向易卜生，然而，纳博科夫当然不是暗指挪威的那个易卜生，而只能是二十世纪英国的某个易卜生。这在纳博科夫的自传里再清楚不过，我得到的印象是：这个人是剧作家，和易卜生一样，他的写作注重批判现实，关注社会和人生，他公开拒绝艾略特式的现代主义，也不喜欢纳博科夫式的文字游戏，反过来，纳博科夫更不喜欢他的写实主义。那么，这个人是谁？

经过中午和倪尔逊先生的谈话，我越来越倾向于相信，这个人只能是普利斯特利，而普利斯特利就是二十世纪英国的易卜生。现在，我是不是可以放心地得出最后的结论，普利斯特利就是纳博科夫笔下的剑桥同学，那个手不离烟斗的奈斯毕特呢？

我忽然意识到，行进中的列车渐渐放慢了速度，不一会儿，干脆停在半道不动了。车厢内的乘客面面相觑，不知发生了什么事情。这时，喇叭里传来乘务长的声音，他向大家表示道歉，列车可能延误一个多小时或者更长，因为前面有趟列车遭遇事故，铁路局正在全力排除障碍，望大家谅解。自从英国铁路客运服务系统被私有化以后，这一类的事故频发，民怨极深，没想到叫我这次碰到了。

碰到这一类的意外，所有的人都很无奈，虽然遭遇事故的不是我们这趟车，但延误就是延误，被延误的是这趟车上的所有旅客。我心里暗自焦急，那时在国外旅行，我还没有带手机的习惯，也就无法把列车延误的消息通知慧勒女士。这个延误很糟糕，给我带来一连串的麻烦，它意味着我注定赶不上从利兹到布莱德津的那趟车，那么六点半以前我肯定不能按时赴约！我唯一希望的是，北上列车的延误不止这一两趟，东海岸的铁路系统整体都会受到影响，那么慧勒女士或许能从其他的渠道获知这个消息吧。

对面座位上的两个埃及青年显得比周围的其他人都轻松，他们索性从双肩包里掏出一副国际象棋，在小桌上摆开，预备下棋来消磨时间。我和那个爱逗笑的小伙子换了座位，让他们两人面对面下棋，而我和印度姑娘当旁观者。棋盘摆开后，黑方发现自己少了"后"，白方在双肩包里翻了一回，又低头在座椅下面寻找，都没找到，最后，印度姑娘把自己手上的一只镀金戒指退下来，说，用这个代替棋子吧，两个小伙子拍手叫好，就这么办。

开局后，先是白马吃黑马，接着黑象吃白马，造成不相上下的互捉局面。此后的棋局，一度波澜起伏，随后形势渐渐平缓，直到白方一招险棋，巧妙地把黑象引入死地，黑方拿起那个镀金戒指"后"，小心翼翼地把它退回原位，走出一步保守棋。这时，白方用炮打后，黑方赶紧用炮来垫，结果白方立刻将军，黑方遂被将死。

我在一旁观棋，兴致渐浓，虽然半懂不懂，但似乎也开始明白其中的道理,因为这个道理我在反复阅读《塞·纳特的人生真相》的过程中,早已有所心得——纳博科夫把棋术深深嵌入了他的小说结构。这一点不仅能从小说的布局中分析出来,小说主人公纳特被冠以Knight"马"姓,他的前女友姓Bishop"象",其他棋子如King(王)、Queen(后)、Rook(车)、还有Pawn(兵)等,全都先后在小说中出现,这绝非随意。它暗示我们,除了字母游戏以外,象棋游戏也贯穿于小说始终,如此复杂的智力游戏意味着什么?背后是不是另有深意?

时间一分一秒地过去了,两个埃及青年仍在紧张对垒,黑方白方你来我往,愈战愈勇。我看了一下表,列车延误已超过四十分钟,心中焦急起来,下面怎么办?

等待之中,旅途的疲劳使我的眼皮渐渐发沉,后来进入了半睡半醒的状态……

我似乎站在某座大楼的旋转门跟前,觉得这里有点眼熟,仔细一看,好像在过去的梦中碰见过。有人正从门中走出,他是谁?看上去像李约瑟?旋转门一刻不停地旋转着,接连又有人相继走出。我努力辨认陆续出来的几个人,乔伊斯、毕加索、普鲁斯特、斯特拉文斯基、贝尔纳、海明威、沃丁顿、鲁桂珍、斯诺、萧乾、普利斯特利,还有嘉可塔……这里是马热斯蒂克酒店吗?我正想着,转头看见嘉可塔手里挂着一把雨伞,站在人行道旁边正在和普利斯特利说话，普利斯特利嘴里含着烟斗，似乎很用心地听。过了一会儿，他把烟斗从嘴里拿出，磕出烟斗里的余灰，不紧不慢地把烟丝装好，然后用打火机点燃烟丝。普利斯特利点烟的时候，嘉可塔显得有点心神不定，她下意识地把雨伞的尖头在人行道上来回比划，好像在写字，她在地上写的是什么字？

72

夜里十一点半，我终于来到布莱德津的市中心。

由于列车意外的延误，我整整迟到了四个小时。来到国家媒体博物馆大门的时候，环顾四周，慧勒女士自然早已离开，广场上空无一人，这虽是意料中的结局，但我还是感到很失落。在博物馆门前的台阶上坐下，心中无比沮丧，怎么办？先找个旅馆住下吧，明天再说。

我站起身来，发觉两腿酸痛发麻，正待转身离开媒体博物馆的大门口，忽见不远处矗立着一尊雕像。我不由走上前去细看，原来这是一座全身人物塑像。铜像人物昂首挺立，手里握着一个什么东西，在黑暗中显得模糊不清，凑近一瞧，啊，那是一只烟斗。

奈斯毕特！我脱口而出，再定睛看时，雕像的底座上果然刻有一行大写的字：

J. B. PRIESTLEY

（普利斯特利）

2013年版"序言"

韩少功

侦探小说常被归类为俗文学,大多配以花哨或阴森的封面,堆放在流行读物摊位,吸引市井闲人的眼球,令他们心惊肉跳却也没心没肺地读过即扔。如果有人要把思想理论写成侦探小说,如同一个经学院要办成夜总会,一个便利店要出售航天器,在很多读书人看来纯属胡闹。

本书作者刘禾却偏偏这样做了。在我的阅读经验里,她是第一个这样做的。

这本书的结构主线,是考证纳博科夫自传中一个叫"奈斯毕特"(Nesbit)的人物原型,因此全书看上去仍是文学研究,西方学界常见的文本细读和资料深究,教授们通常干的那种累活。不过,作者的惊人之处,是放弃论文体,换上散文体;淡化学科性,强化现场感;隐藏了大量概念与逻辑,释放出情节悬念、人物形象、生活氛围、物质细节……一种侦探小说的戏仿体就这样横里杀出,冠以《幽影剑桥》或《魂迹英伦》的书名都似无不可。这也许不是什么学术噱头。用作者的话来说:"(文本分析)不是普通的阅读,而是智力游戏,与下棋、推理小说和数学的博弈论差不多,这些领域之间既隔又不隔。""任何人只要获得文本分析的诀窍,运用起来则放之四海而皆准,适用于历史、法律、经济、文学以及任何需要诠释的生活对象,为什么?因为文本分析是思想的侦探仪,而思想和罪犯一样,无孔不入,无处不在。"

显然,作者对拆字法的兴趣并非动笔主因。她对历史人物的知人论世和语境还原,对生活暗层和时代深处幽微形迹的细心勘验,对权力和利益在相关语词后如何隐匿、流窜、整容、变节、串谋、作案的专业敏感,如此等等,与柯南·道尔(Conan Doyle)的业务确实相去不远。去伪存真,见微知著,很多学者要办的不就是这种思想史上的大案要案?不就是要缉拿文明假象后的意识形态真凶?因此,一部思想史论潜入侦探故事,其法相近,其道相通,两者之间并无太大的文体区隔。

"奈斯毕特"几乎是一个隐身人。据传记作品《弗拉基米尔·纳博科夫》透露：巴特勒，一个保守党政客，曾任英联邦副首相，就是奈斯毕特面具后面的那一个。传说纳博科夫自己就有过这样的指认。但本书作者很快找出一系列重大疑点，证明这一指认很不靠谱，颇像纳博科夫的文字游戏再次得手，伪造现场后脱身走人。

从这些疑点开始，飞机一次次腾空而起，作者混入熙熙攘攘的旅行客流，其侦探足迹遍及英国、法国、瑞士等诸多历史现场，寻访证人，调阅证词，比对证物，一大批涉案者随后渐次浮出水面。作者看来也不无惊讶，这个以"牛（津）（剑）桥故事"为核心的关联圈里，竟有地位显赫的科学家贝尔纳、李约瑟、沃丁顿、布莱克特、霍尔丹等，有人文界名流普利斯特利、里尔克、奥威尔、艾略特、哈耶克、徐志摩、萧乾、尼卡（纳博科夫的表弟）等，几乎构成了二十世纪初一份可观的知识界名人录，一大堆彼此独立又相互交集的人生故事，由一个神秘的 Nesbit 从中串结成网。有意思的是，这些人一旦走出声名和地位的世俗光环，都有政治面容真切显影，后人无法视而不见。在那个资本主义如日初升的年代，全球知识界似乎初遇现代性裂变。无论是英国皇家学会院士（如贝尔纳、李约瑟、沃丁顿等），还是诺贝尔奖得主（如布莱克特等），这些大牌科学家清一色左倾，"剑桥帮"几成红色老营，被英美情报机构严防死打。这是一个疑问。人文界的情况要复杂一些。普利斯特利、里尔克等走左线；奥威尔、尼卡等向右转；艾略特不太左却恶评《动物庄园》；纳博科夫相当右但又与同门诸公格格不入。当毕加索忽悠"四维空间"艺术时尚时，似乎只有徐志摩这样的穷国小资，才对西洋景两眼放光，小清新萌态可掬，未入住剑桥也未在剑桥正式注册却写出了一大堆剑桥恋曲，其文学观却七零八落，跟风多变，能对齐主流舆论便行。这又是一连串可供思考的疑问。

一幅五光十色的知识界众生相，一种几被今人遗忘的政治生态图谱，较之于百年后全球性的理想退潮和目标迷失，较之于当下阶级、国家、文明、种族、性别的冲突交织如麻，能给我们什么启示？作为一部献给中国读者的重要备忘录，作者在这里以小案带出大案，从小题目开出大视野，终于走向政治思想史的世纪追问和全球审视，重拾前人足迹，直指世道人心，再一次力图对人格、价值观、社会理想、思考智慧给予急切唤醒。

因大量采用叙事手法，作者轻装上阵，信笔点染，灵活进退，以一种东张西望处处留心的姿态，布下了不少传统文论所定义的"闲笔"。其实闲笔不闲。剑桥高桌晚餐时男士们一件件刻板的黑袍，与默克制药公司职员谈及任何专业研究时的吞吞吐吐，看似两不相干，如联系起来看，倒是拼合出当代西方社会的某个重要特征：

既有宗教的顽强延伸，又有商业化的全面高压。当年波希米亚风气之下的裸泳和开放婚姻，与美国校园里"光身汉"吃官司和狱中自杀，看似也是些边角余料，开心小桥段，如稍加组合与比对，却也轻轻勾勒出西方文化的差异和流变。更可能让中国读者感慨的是：当年有仆人给学生们一一上门送饭的奢华剑桥，仍让出身于俄国贵族的纳博科夫难以忍受，当然是比他锦衣玉食的魏拉公馆寒酸太多；而中国明星学者梁启超只能蜗居巴黎远郊，差一点被冻死，成天须靠运动取暖；他的同胞北岛，一个瘦削和忧郁的流亡诗人，近百年后仍只能静守北欧冰天雪地的长夜，"一个人独自对着镜子说中文"……在这里，表面上平等而优雅的文明对话后面，书生们最喜欢在书本中编排的国际名流大派对后面，有多少利益、财富、资源的占有等级早已森然就位，有多少当事人困于阶级和民族生存背景的深刻断裂——看似细微末节的这一切，难道不也在悄悄说破重大的历史奥秘？

由此说来，闲笔也是主旨，叙事也是论说。由氛围、形象、故事组成的感觉传达同时也是理性推进，更准确地说，是对理性的及时养护与全面激活。很长一段时间来，理论是有关苹果的公式而不是苹果，更远离生长苹果的水土环境和生态条件，于是很容易沦为概念繁殖概念，逻辑衍生逻辑，一些公式缠绕公式的封闭性游戏。

但文科理论的有效性在于解释生活，解释人与社会，不在于其他。如果我们不仅需要知道这个世界上有哪些说法，还要知道这些说法是何人所说，在何种处境中所说，因何种目的和机缘所说，从而真正明白这些说法的意涵和指涉，那么就不能不把目光越过说法，抵近观察当事人的活法，去看清构成某种活法的相关氛围、形象、故事——也许，一种夹叙夹议的文体，理性与感性两条腿走路的方法，或可为这种观察提供便利。

形式从来都是内容的。本书作者的文体选择，与一种还原语境与激活历史的治学思路，看来是写作的一体两面。

据她所述，侦破之旅一开始并不顺利。第一次叩门剑桥的英国海外圣经公会档案部就吃了闭门羹。因一封联系信函石沉大海，反复解释和恳求最终无效，冷冷的管理员不给她任何机会：

"对不起，没有事先预约，就不能进档案馆。"

她只能绝望地离开。

读到这里时，我觉得这一小事故如同隐喻。我们都没拿到幽灵的回执，永不会有历史彼岸的邀请，只能在黑暗中与自己相约，奔赴永无终点的求知长旅。

2013 年 8 月